BASTEI
LÜBBE
TASCHENBUCH

Über den Autor:

Paul Robert Smith ist ein australischer Filmemacher. Er lebt abwechselnd im Zentrum von Sydney und an den wunderbaren Stränden der australischen Central Coast. Dies ist sein vielversprechender, verrückter erster Roman.

Paul Robert Smith

Gespräch mit Igel

Roman

Übersetzung aus dem
australischen Englisch von
Eva Bauche-Eppers

BASTEI
LÜBBE
TASCHENBUCH

BASTEI LÜBBE TASCHENBUCH
Band 16499

1. Auflage: November 2010

Vollständige Taschenbuchausgabe
der in luebbe erschienenen Hardcoverausgabe

Bastei Lübbe Taschenbuch und luebbe in der
Bastei Lübbe GmbH & Co. KG

Titel der australischen Originalausgabe: „Up a Tree in the Park at Night with a Hedgehog“
Originalverlag: Vintage

Für die deutschsprachige Ausgabe:

Umschlaggestaltung: Bettina Reubelt
Satz: Dörlemann Satz, Lemförde
Gesetzt aus der DTL Documenta
Druck und Verarbeitung: GGP Media GmbH, Pößneck
Printed in Germany
ISBN 978-3-404-16499-8

Für Fran
Für Mum und Dad
Für alles

1

»Was hast du?«

»Nichts«, log ich.

»Bist du sicher?«

»Hm ...«

»Also was?«

»Du findest es bestimmt ziemlich komisch.«

Diesen Dialog führte ich mit Cherry. Wir lagen in meinem Bett und waren nackt. Zum ersten Mal. Wir lagen zum ersten Mal nackt in meinem Bett, und für Cherry war es überhaupt das erste Mal, dass sie nackt in einem Bett lag, einem *fremden* Bett, und noch dazu nicht allein. Sie war, man glaubt es kaum, nicht nur wunder-, wunderschön, sondern auch noch Jungfrau. Daran musste man sich erst gewöhnen.

»Was ist los?«, fragte sie wieder. »Mache ich was falsch?«

»Aber nein, gar nicht«, beeilte ich mich, ihr zu versichern. »Du bist fantastisch! Du bist großartig! Du bist atemberaubend! Nur ...«, ich suchte nach einer geeigneten Formulierung, »könntest du dich vielleicht überwinden, mir den Finger in den Hintern zu stecken?«

Sie starrte mich an, wie es nur eine nackte koreanische Jungfrau tun konnte, die eben gebeten worden war, ihrem Lehrer den Finger in den Hintern zu stecken.

»Wie bitte?«

»Ich weiß, es ist ein etwas merkwürdiges Ansinnen, aber ich würde dich nicht darum bitten, wenn es nicht wichtig wäre.«

»Ist das so üblich?«, erkundigte sie sich unschuldig.

Gott segne sie. »Nicht generell«, antwortete ich.

Als ich sie zum ersten Mal nackt gesehen hatte, circa fünf Minuten bevor ich sie fragte, ob sie mir den Finger in den Hintern stecken könnte, waren mir buchstäblich die Knie weich geworden.

»Welchen Finger?«, wollte sie jetzt wissen.

»Egal«, sagte ich. »Na ja, vielleicht den mittleren.«

Zugegeben, es kostete Überwindung, eine solche Bitte auszusprechen, aber die prompte und nur als sensationell zu bezeichnende Wirkung hätte den kurzen Augenblick der Peinlichkeit mehr als wettgemacht – wenn nicht passiert wäre, was gleich darauf passierte.

∞

»Bis heute Abend, Schatz.«

Cassie hauchte mir einen Kuss auf die Stirn, und ich brummelte etwas Unverständliches zur Antwort. Überflüssig, auf die Uhr zu schauen, denn wenn Cassie jetzt zur Arbeit ging, war es in jedem Fall noch unanständig früh am Morgen. Viel zu früh für einen zivilisierten Menschen, um schon wach zu sein (und erst recht, den wohlverdienten Schlaf anderer zu stören), dachte ich grantig, als sich die Tür hinter ihr schloss, und schmiegte mich wieder in Morpheus' Arme. Aber nicht für lange. Sekunden später (so kam es mir vor) beschloss absurderweise ein scheinbar in Gefahr befindliches U-Boot, in der ungefähren Richtung meines Nachttischs abzutauchen. *»Fluten! Fluten!«*, glaubte ich fast den Kommandanten brüllen zu hören, da explodierte die satanische Sirene des Weckers neben meinem Ohr. Ich haute auf die Schlummertaste. Und ein zweites Mal. Und wieder.

Zu guter Letzt resignierte ich und richtete den schlaftrunkenen Blick auf die Uhrzeit.

»Mist!«

Ich sauste aus dem Bett und ins Badezimmer. Mitten im Rasieren, links seidenglatt, rechts noch Stoppelfeld, gab mein elektrischer Rasierapparat den Geist auf.

»Mist!«

Ich schüttelte ihn. Ich knipste ihn aus und an. Ich wackelte am Stecker, nahm den Scherkopf ab und entleerte die gesammelten Bartreste einer ganzen Woche ins Waschbecken. Anschließend das ganze Programm noch einmal von vorn.

Nichts.

Tot.

Ich betrachtete mein Vorher-nachher-Bild im Spiegel.

»Mist!«

Da kam mir der Gedanke, Cassie müsste irgendwo einen Rasierer der ein oder anderen Art herumliegen haben. Ich schaute in den Schrank unter dem Waschbecken. Tampons. Ich zog die Schubladen heraus. Noch mehr Tampons. Ich warf einen Blick in die Dusche. Keine Tampons, aber auch kein Rasierer.

»Ich glaub's einfach nicht.«

Ich sah auf die Uhr.

»Mist, verdammter!«

∞

Der Mann hinter der Ladentheke verkniff sich einen Kommentar, aber sein Grinsen von einem Ohr zum anderen sagte mehr als tausend Worte. Und als ihm das Päckchen Einmalrasierer hingeschoben wurde, war sein Glück vollkommen.

Er vermochte kaum, das Kichern hämischen Entzückens zu unterdrücken, das gefährlich dicht hinter der Fassade des rechtschaffenen Einzelhandelskaufmanns gluckste.

»Das ist alles«, sagte ich.

»Kein Rasierschaum?«, fragte er und kämpfte heroisch um die Beibehaltung eines neutralen Gesichtsausdrucks.

Ich wusste, er wollte mein Geld, aber das war in Ordnung. »Ach ja, Rasierschaum brauche ich auch noch.« Damit eilte ich zurück zum Regal, um welchen zu holen.

»Wir haben auch Gel«, rief er mir nach. »Manche Leute nehmen das lieber als Schaum. Weniger Schmiererei. Ich selbst rasiere mich elektrisch.«

»Wirklich?«, gab ich zurück und stellte die Dose neben die Rasierer. »Das ist hochinteressant.«

»Ja, nicht wahr?« Diese kleine Begegnung mit mir bildete vermutlich den Höhepunkt seines Tages oder der ganzen Woche. »Ich bin Bluter. Ein kleiner Schnitt beim Rasieren, und ich laufe aus wie eine Flasche Ketchup. Grauenhafte Bescherung. Sieht aus wie im Schlachthaus oder so.«

»Um ehrlich zu sein, bin ich etwas in Eile«, erklärte ich ihm. »Ich will nicht zu spät zur Arbeit kommen.«

»Was machen Sie denn?«

»Wie bitte?«

»Was machen Sie? Beruflich, meine ich.«

»Ich bin Astronaut.«

»Im Ernst?« Er tippte meine Einkäufe in die Kasse. »Und stimmt es, dass keiner einen schreien hört, wenn man sich da oben beim Rasieren schneidet?«

Ich zahlte, steckte die Rasierer und den Rasierschaum ein und schenkte ihm mein bestes *Wie schön, dass Sie das komisch finden*-Lächeln.

»Ich werd Sie's wissen lassen«, sagte ich.

Ich plumpste auf den Stuhl hinter meinem Schreibtisch. Mir blieben noch genau siebenundvierzig Sekunden zur Vorbereitung der Unterrichtsstunde, und ich hatte noch nicht mal eine Tasse Tee getrunken.

»Hast du dich beim Rasieren geschnitten?«, erkundigte sich Fiona.

»Bloß ein paar hundert Mal«, antwortete ich. »Ich wette, man hat mir ein Päckchen mit rostigen Klingen angedreht.«

»Versuch's mal mit einem Elektrorasierer. Die sind wirklich praktisch.«

2

Mein Bruder fährt ein schwarzes Taxi. Als Gevatter Tod ihn zum ersten Mal heranwinkte, merkte er nicht gleich, mit wem er es zu tun hatte. Es regnete in Strömen, deshalb war Ray weder der flatternde schwarze Umhang noch die Sense aufgefallen, sonst hätte er ihn vermutlich nicht mitgenommen. Andererseits: Eine Fuhre ist eine Fuhre. Inzwischen ist der Tod Stammkunde geworden. Man könnte sagen, mein Bruder fungiert als sein inoffizieller Chauffeur. Es werden keine festen Orte oder Zeiten abgemacht, sondern Gevatter Tod taucht wie durch Zufall oft gerade dort auf, wo Ray vorbeifährt.

»Über was unterhaltet ihr euch?«, wollte ich von ihm wissen, als er mir davon erzählte.

»Er ist nicht besonders gesprächig. Eher das Gegenteil. Er gibt mir einen Zettel mit einer Adresse und sagt: ›Fahr.‹ Ich fahre hin und warte draußen, bis er wiederkommt. Die Uhr lasse ich natürlich weiterlaufen.«

»Findest du das nicht ein bisschen gruselig?«

»Eigentlich nicht«, antwortete er. »Wir alle müssen unseren Job machen, oder?«

Mein Bruder hat es nicht nötig, Taxi zu fahren. Er ist Schriftsteller – *war* Schriftsteller. Sein Erstlingswerk war ein Buch über eine Gummiente, es hieß: *Die Abenteuer einer Gummiente.* Es wurde erstaunlicherweise ein Bestseller. Erstaunlicherweise, weil es sich nicht um ein Kinderbuch handelte, wie man auf Grund von Titel und Protagonist – eben eine Gummiente – erwarten könnte, vielmehr war es ein ziemlich dicker, allegorischer Roman von fast fünfhundert Seiten. Ein schwerer Brocken, in jeder Hinsicht. Und als seien fast fünfhundert Seiten nicht genug, ließ mein Bruder das Ende offen, denn er spielte mit dem Gedanken, vielleicht eine Fortsetzung zu schreiben oder den Stoff zu einer lukrativen Trilogie auszubauen. Über Gummienten hatte er offenbar eine Menge zu sagen.

Von Band zwei, als er dann wirklich erschien, war seine jüngst erworbene Anhängerschaft jedoch bitter enttäuscht. Das heißt, wenn ich zurückdenke, ist *enttäuscht* nicht das richtige Wort. Stinksauer. Das trifft es. Seine jüngst erworbene Anhängerschaft war stinksauer und fühlte sich verhohnepiepelt.

Mir persönlich hat der zweite Band gefallen. Der Titel lautete: *Die weiteren Abenteuer einer Gummiente*. Weshalb die Fans so verschnupft waren, ist leicht zu erklären: Das Buch entsprach nicht ihren Erwartungen. Es war ein Bilderbuch für Kinder. Von meinem Bruder selbst illustriert.

Auch diesmal blieb das Ende offen, aber die vormaligen Fans lechzten nicht mehr danach zu erfahren, wie die Geschichte weiterging. Nach ihrer einhelligen Meinung konnte mein Bruder samt seiner Gummiente zum Teufel gehen.

Ende seiner Karriere als Schriftsteller.

∞

Der absonderlichste Fahrgast, den mein Bruder je transportierte (von Gevatter Tod abgesehen), war eine wunderschöne nackte Frau, die ihm beim Aussteigen eine Fünfzigpfundnote reichte. Der Fahrpreis betrug weniger als einen Zehner, doch als er Anstalten machte, ihr herauszugeben, wollte sie das Geld nicht annehmen. Finanziell unabhängig, wie er war (und möglicherweise dem verständlichen Wunsch nachgebend, eine schöne Frau zu beeindrucken), bestand er darauf, ihr die Restsumme auszuhändigen.

»Das war ein Fünfziger«, sagte er. »Ich kann unmöglich das Wechselgeld behalten.«

»Schauen Sie mich an«, forderte sie ihn auf, was nicht nötig gewesen wäre. »Wo sollte ich es hinstecken?«

∞

Rays Freundin ist Ärztin. Sie heißt Zadie. Früher war sie Anwältin, aber ein Erlebnis – eine Erleuchtung könnte man es, glaube ich, nennen – veranlasste sie, ihre Berufswahl zu überdenken und sich der Medizin zuzuwenden.

Wie zahlreiche Erleuchtungen fand auch diese in einer Kneipe statt. Ein Mann drohte an einer gerösteten Honigerdnuss zu ersticken, und Zadie umschlang ihn von hinten und rettete ihm mit einem Heimlich-Griff wie aus dem Lehrbuch das Leben, angeblich ohne jede Vorkenntnis dieser Erste-Hilfe-Maßnahme.

Der Mann, der an der gerösteten Honigerdnuss zu ersticken drohte, war übrigens mein Bruder.

Wir feierten gerade meinen Junggesellenabschied.

3

Meine damalige Ehefrau in spe, Georgia, fiel von der Leiter, als sie versuchte, durch ein offenes Fenster im ersten Stock in ihr Haus zu gelangen. Ihr war bei der Feier ihres Junggesellinnenabschieds der Schlüsselbund abhandengekommen. Bei dem Sturz brach sie sich ein Bein. Damit nicht genug, brach sie sich das Genick, was natürlich schlimmer war. Allerdings nicht tödlich. Doch unfähig, sich zu bewegen oder auch nur um Hilfe zu rufen, fand sie während der Nacht den Tod durch Erfrieren.

∞

Unsere Beziehung begann, als wir Schulkinder waren. Wir wuchsen viereinhalb Minuten entfernt voneinander auf, in einem der weniger faszinierenden Bezirke von Stoke. Georgia war auch das erste nicht mit mir verwandte weibliche Wesen, das meinen Penis zu sehen bekam. Damals waren wir acht Jahre alt.

»Der ist ja winzig«, quietschte sie.

»Findest du?«

»Ich hab' schon viel größere gesehen.«

»Echt? Von wem?«

»Von meinem Vater«, erwiderte sie stolz.

Ich war beeindruckt. »Du hast das Ding-Dong von deinem Vater gesehen?«

»Ja«, sagte sie. »Meine Mutter hat draus getrunken.«

Weitere vier Jahre gingen ins Land, bevor sie den Gefallen erwiderte und mich ihre Vagina sehen ließ. Ich beäugte sie stumm. Ich wusste nicht, was ich sagen sollte.

»Ganz hübsch«, brachte ich endlich heraus.

»Danke.«

»Keine Ursache.«

Sie schien keine Eile zu haben, die fragliche Körperregion wieder zu bedecken, also überlegte ich krampfhaft, was ich noch sagen könnte. »Ist das zu irgendwas gut?«

Sie musterte mich auf eigenartige Weise. »Was meinst du?«

»Hhm«, druckste ich herum. »Kann man vielleicht was reinstecken?« Ich hatte wirklich keine Ahnung.

»Es ist doch keine Tasche!« Dann forderte sie mich auf, meinen Finger abzulecken.

»Was soll ich?«

»Mach deinen Finger nass.«

Augenblicklich war mein Argwohn geweckt. »Warum?«

»Ich will dir einen Trick zeigen.«

∞

Es war ein guter Trick, aber wie sich herausstellte, hatte sie noch einen besseren auf Lager. Den zeigte sie mir im Park, unter der alten Dampfwalze, deren noch beweglicher Schaltknüppel mir früher – und so lange war das noch gar nicht her – viel Vergnügen bereitet hatte, weil man wie echt damit hantieren konnte.

»Du musst deinen Pimmel rausholen«, wies sie mich an.

»Warum?«

»Darum.«

Gegen diese Logik gab es kein Argument, deshalb folgte ich der Aufforderung.

»Jetzt musst du ihn reiben.«

»Wozu?«

»Damit er hart wird, du Dummkopf.«

Während ich gehorsam tat wie geheißen, hob sie ganz selbstverständlich den Rock hoch, zog den Schlüpfer hinunter und legte sich auf den Rücken, die Hände unter dem Kopf verschränkt, die Knie ein Stück auseinander.

»Jetzt steck ihn rein«, lautete ihre nächste Anweisung.

»Im Ernst?«

»Klar. Es wird dir gefallen.«

»Aber er passt da nicht rein.«

»Doch, er passt«, behauptete sie.

»Nie im Leben!«

»Wetten?«

»Wie viel?«

»Fünfzig Pence.«

»Okay«, willigte ich ein. »Fünfzig Pence.«

»Hand drauf.«

Wir gaben uns die Hand.

∞

Ich verlor die Wette, aber ich kann nicht sagen, dass es mir leidgetan hätte. Und auch in dem anderen Punkt behielt sie recht. Es fühlte sich gut an. Sehr gut. Tatsächlich fing es gerade an, sich so gut anzufühlen, dass ich ahnte, gleich würde etwas Wundervolles passieren, als eine alte Dame, die sich bückte, um die Stoffwechselendprodukte ihres Hundes zu inspizieren, unser ansichtig wurde und dem unmoralischen Treiben ein Ende bereitete.

»He!«, keifte sie. »Wollt ihr das wohl bleiben lassen, ihr kleinen Perversen!« (Keiner von uns wusste, was ein »Perverser« war, aber später schaute ich in einem Lexikon nach und stimmte ihr voll und ganz zu.)

Beide hatten wir im Nu die Unterhosen hochgezogen und nahmen Reißaus. Als wir uns endlich in Sicherheit wähnten und stehen blieben, prusteten wir los.

Nach Atem ringend, fragte ich: »Glaubst du, sie hat gesehen, was wir gemacht haben?«

»Unter Garantie«, entgegnete Georgia. »Wahrscheinlich erzählt sie's grade der Polizei.«

»Der Polizei? Wieso denn das?«

»Weil's verboten ist, du Dummkopf.«

»Ehrlich?«

»Klar. Sonst würden's doch alle tun.«

»Kann man dafür ins Gefängnis kommen?«

»Wenn man erwischt wird.«

Ich war beunruhigt. »Meinst du, sie würde uns wiedererkennen?«

»Na ja.« Georgia kicherte. »Vielleicht nicht dein Gesicht.«

Ich schaute an mir hinunter. Bis jetzt hatte ich es nicht gemerkt, aber mein kleiner Pimmel war immer noch steinhart und stemmte sich gegen den Stoff meiner Shorts.

»Du hast immer noch einen Ständer.« Sie kicherte wieder.

»Was soll ich denn jetzt tun?«

»Du musst dran ziehen.«

»Wozu?«

»Damit er weich wird.«

Ich verstand nur Bahnhof. »Und wenn ich ihn einfach in Ruhe lasse? Geht das dann von alleine weg?«

»Kann sein.«

»Und wie lange dauert das?«

Sie zuckte die Schultern.

»Weißt du's nicht?«

»Ich hab' ja keinen, oder?«, konterte sie.

»Und wenn du dran ziehst?«, schlug ich vor.

»Tut mir leid. Ich bin spät dran, Mams bringt mich um.« Damit rannte sie über die Straße, in Richtung ihres Hauses, und war kurz darauf verschwunden.

∞

Ich wanderte noch ungefähr eine Stunde durch die Gegend und wartete darauf, dass meine Erektion sich legte. Als endlich der Normalzustand wieder erreicht war und ich nach Hause kam, sagte meine Mutter: »Schau mal auf die Uhr, junger Mann. Wo hast du gesteckt?«

»Nirgends«, antwortete ich, ging nach oben und legte mich aufs Bett. Meine Eier taten ganz schön weh.

4

Ich behaupte nicht, es war gut, dass Georgia von der Leiter fiel und erfror, doch nüchtern betrachtet bewahrte es mich davor, einen, wie ich im Nachhinein sagen muss, verhängnisvollen Fehler zu begehen.

Mein Bruder, Ray, überbrachte mir die Hiobsbotschaft am Morgen danach. Ich schlief auf seinem Sofa meinen Rausch aus, als das Telefon klingelte. Er kam aus dem Schlafzimmer gestolpert und nahm den Hörer ab. Ich weiß nicht, ob er blass wurde, als die Stimme am anderen Ende der Leitung ihm berichtete, was passiert war, weil ich mit den Auswirkungen eines gigantischen Katers zu kämpfen hatte, aber man kann es als wahrscheinlich annehmen.

»Ben«, sagte er, »ich habe schlimme Neuigkeiten.«

»Lass mich raten. Sie hat die Hochzeit abgesagt?«

»Nun«, er setzte sich vor mir auf den Rand des Wohnzimmertischs, »in gewisser Weise ja.«

Ungeachtet meines dröhnenden Schädels richtete ich mich auf. »Wie meinst du das?«

»Es gibt keine schonende Art und Weise, jemandem so etwas beizubringen«, fuhr er fort, »deshalb rede ich nicht lange drum herum.«

Ich wartete.

»Also?«, hakte ich nach.

Daraufhin brach er in Tränen aus. »Sie ist tot«, schluchzte er.

»Wer ist tot?«

»Georgia.«

»Georgia?«

»Es tut mir so leid.«

»Georgia ist *tot*?«

»Sie hat gestern Nacht versucht, durch ein offenes Fenster im ersten Stock zu klettern, und ist dabei von der Leiter gefallen.«

»Was?«

»Sie hat sich das Genick gebrochen.«

»O mein Gott!«

»Aber daran ist sie nicht gestorben.«

»Nein?«

»Sie ist erfroren.«

»Sie hat sich das Genick gebrochen *und* ist erfroren? Himmel!«

Und dann machte Ray die vielleicht dümmste Bemerkung, die ich je in meinem Leben gehört hatte, auch wenn ich ihm hoch anrechne, dass er versuchte, mich zu trösten.

»Ganz bestimmt hat sie nicht leiden müssen.«

Ich war sprachlos.

»Was?«, gab ich schließlich zurück.

Er wiederholte seine gut gemeinte Behauptung.

»Hast du dir je das Genick gebrochen oder bist erfroren?«, fragte ich ihn.

»Nein«, gab er zu.

»Ich auch nicht, trotzdem bin ich ziemlich sicher, dass das eine wie das andere eine ziemlich unangenehme Erfahrung ist.«

»Darüber sollte man besser nicht so genau nachdenken.«

»Okay. Wie wär's, wenn wir die Glotze anmachen. Vielleicht läuft irgendwo eine interessante Kochsendung.«

»Schon gut, Ben«, sagte er verständnisvoll. »Du stehst unter Schock.«

»Nein, tue ich nicht.«

»Das behaupten alle, die unter Schock stehen. Es ist ein sicheres Zeichen.«

»Für was?«

»Dass man unter Schock steht.«

Er wird schon recht gehabt haben. Gut möglich, dass ich einen Schock hatte. Jedenfalls würde ich unter normalen Umständen nie auf die Idee kommen, mir im Fernsehen eine Kochsendung anzutun. Später, nachdem ich den Schock überwunden hatte wie auch das plötzliche Faible für Kochsendungen, konnte es nach allgemeinem Konsens gar nicht anders sein, als dass ich vor Trauer am Boden zerstört war.

War ich aber nicht.

Ich war bestürzt, erschrocken, durcheinander, aber tiefe Trauer empfand ich nicht. Zu meinem eigenen Befremden.

∞

»Ich glaube, mit mir stimmt was nicht«, sagte ich eines Tages im Bus zu Jamie.

Er hob den Blick von seiner Beschäftigung, die darin bestand, sich die Fingernägel zu lackieren, und fragte: »Wie kommst du darauf?«

»Ich fühle mich nicht so elend, wie ich mich fühlen sollte.«

»Wegen Georgia?« Er blies über den Lack.

»Ja.«

Er nahm sich einen Moment lang Zeit, um sein Werk zu bewundern, mit Recht. Er hatte sehr schöne Fingernägel. Er hatte immer sehr schöne Fingernägel gehabt, schon in der

Schule, wo sie das Neidobjekt aller Mädchen gewesen waren (seine Auswahl an Neon-Nagellack war legendär) und für die Jungs einer von vielen, vielen Gründen, ihm regelmäßig eine Abreibung zu verpassen.

»Wenn du dich nicht elend fühlst, was fühlst du dann?«

»Na ja, es tut mir leid um sie.«

»Aber du bist nicht gramgebeugt, stimmt's?«

»Stimmt.«

»Mach dir keine Gedanken. Du hast noch ein ganzes langes Leben vor dir, um dich vor Trauer zu zerfleischen.«

Das kleine Mädchen vor uns, das Jamie während der letzten drei Meilen immer wieder verstohlen gemustert hatte, wählte diesen Moment, um sich auf ihrem Sitz umzudrehen und den Gegenstand ihrer brennenden Neugier direkt in Augenschein zu nehmen.

»Kann ich dir helfen, junge Dame?«, erkundigte sich Jamie.

»Entschuldigung«, sagte sie, »aber sind Sie eine Frau oder ein Mann?«

»Jennifer!«, schnappte ihre bislang desinteressierte Mutter, nachdem sie ihre entgleisten Gesichtszüge wieder geordnet hatte.

Jamie aber warf die lange, blonde und falsche Löwenmähne zurück und erwiderte souverän: »Keins von beiden, Kindchen. Weshalb Substantiv sein, wenn man Adjektiv sein kann?«

Die jugendliche Fragestellerin war vermutlich so klug als wie zuvor, aber ich für mein Teil musste nicht lange überlegen, welches Adjektiv angebracht wäre.

Fabelhaft.

∞

Als Jamie mir sagte, das Leben sei noch lang genug, um sich vor Trauer zu zerfleischen, wusste er, wovon er sprach. Er gab sich die Schuld am Tod seiner Mutter – nicht ganz unverständlich, wenn man bedenkt, dass sie einen Herzschlag erlitt, als sie sich ausgerechnet das schwulen Exzessen gewidmete Fotoalbum ihres *Leider hat er noch kein nettes Mädchen gefunden, das ihn zu würdigen weiß*-Sohnes aussuchte, um darin zu blättern, während dieser in der Küche damit beschäftigt war, für sie beide ein Tässchen Tee aufzugießen.

»Haferkekse, Mutsch?«, hatte er aus der Küche gerufen. »Sie sind mit doppelt Schokolade.«

Er fand sie im Sessel sitzend, wie er sie verlassen hatte, den rauchenden Colt – oder in diesem Fall das Fotoalbum mit dem Sprengstoff für die Koronararterien eines nichtsahnenden Mutterherzens – auf dem Schoß, geöffnet bei einem besonders fantasievollen und orgiastischen Tableau.

Er wusste sofort, dass sie tot war, und kann bis zum heutigen Tag nicht begreifen, wieso er das mit Tee und Keksen beladene Tablett nicht fallen ließ. »Im Film ist das doch immer so, oder?«, fragte er mich, kurz nachdem es passiert war, und fragt es seither in regelmäßigen Abständen immer wieder. Anders als im Film stellte er das Tablett vor seiner mit weit aufgerissenen Augen ins Leere starrenden toten Mutter auf den Couchtisch, sank in den Sessel gegenüber und fiel stumm abgrundtiefer Verzweiflung anheim.

5

Ich kann nicht erklären, warum genau ich finde, dass unsere Heirat, Georgias und meine, ein riesengroßer Fehler gewesen wäre. Vielleicht, weil im Grunde keiner von uns beiden über wie auch immer geartete Lebenserfahrungen außerhalb unserer Beziehung verfügte. Schließlich waren wir gewissermaßen von Kindesbeinen an ein Paar, was die Chancen zur individuellen Entfaltung drastisch verringerte. Auch geschlafen hatten wir nie mit jemand anderem – vielmehr, ich hatte nie mit jemand anderem geschlafen, und Georgia nur das eine Mal, und das war eine Verkettung unglücklicher Umstände.

Es geschah auf einer Party.

Wir waren siebzehn und, wie die meisten Siebzehnjährigen auf einer Party, sturzbetrunken. Und wie die meisten sturzbetrunkenen Siebzehnjährigen auf einer Party drehten unsere Gedanken sich – wie auch sonst fast immer – um Sex.

Wir schlichen die Treppe hinauf und in ein momentan von niemandem belegtes Schlafzimmer, wo Georgia sich unter akrobatischen Verrenkungen ihrer Kleidung entledigte und sodann in alkoholseliger und extrem einladender Losgelöstheit rücklings aufs Bett plumpste. Unglücklicherweise begann in genau diesem Augenblick das Zimmer mit einer immer rasanter werdenden Karussellfahrt, und ich wankte davon, um irgendwo den gewaltsam nach oben drängenden Mageninhalt über mich selbst und meine nähere Umgebung zu verteilen.

Der Clou ist: In Folge mehrerer nebulöser und kaum glaublicher Zufälle gelangte Georgias ebenfalls in den Sog dieser Party geratener jüngerer Bruder Roger auf ganz eigenen Wegen zu dem Bett in diesem dunklen Zimmer, in demselben Stadium hochprozentiger Gehirndämmerung und, wie sich herausstellte, sexueller Ansprechbarkeit. Ich bin überzeugt, er suchte nichts weiter als einen Ort, wo er sein benebeltes Haupt zur Ruhe betten konnte, aber es dauerte nicht lange, bis die ersten gelallten Äußerungen der Verwunderung umschlugen in Wonnelaute der beiden, die mit zunehmendem Eifer daran arbeiteten, sich etwas näher kennenzulernen, als man im Allgemeinen unter Geschwistern für schicklich erachtet.

Sie lagen noch da, als ich in aller Herrgottsfrühe des nächsten Tages in das Zimmer zurückgetappt kam, nachdem ich die Nacht mit dem Gesicht im Teppich verbracht hatte.

Während ich noch offenen Mundes am Fuß des zerwühlten Bettes stand und auf die nackten, halb im Wust des Schlachtfelds vergrabenen Leiber starrte, schlug Georgia die Augen auf.

»Hallo«, sagte sie.

»Hallo«, sagte ich.

Dann wanderte ihr Blick zu der Hand, die auf einer ihrer Brüste ruhte. Sie runzelte die Stirn, wandte den Kopf und entdeckte ihren Bruder neben sich. Eine kleine Speichelpfütze hatte sich unter seinem Mundwinkel auf dem Kissen gebildet. Er schlummerte wie ein Baby.

»Was zum …«, begann sie.

Und dann, als Antwort auf ihre eigene, halb ausgesprochene Frage, fing sie an zu schreien.

∞

Genau zwei Tage nach ihrer Beerdigung hatte ich zum ersten Mal Sex mit einer anderen Frau als Georgia. Ich fühlte mich elend, weil ich mich nicht so elend fühlte, wie ich sollte, deshalb ging ich in eine Bar und goss mir einen hinter die Binde und traf eine nicht sonderlich attraktive und extrem unkritische Frau, die ihren bedenklichen Mangel an Urteilsvermögen damit unter Beweis stellte, dass sie tatsächlich bereit war, mit einem Kerl wie mir zu schlafen.

Wir gingen in ihre Wohnung und taten es.

Anschließend lag ich auf dem Rücken und starrte an die Decke, an der es absolut nichts Bemerkenswertes zu sehen gab. Sie war dermaßen bemerkenswert unbemerkenswert, dass ich in einen Zustand meditativer Kontemplation versank, der von mir aus den ganzen Rest der Nacht hätte dauern können, nur war Linda – so ihr Name – offenbar von dem Wunsch beseelt, unsere Bekanntschaft durch post-koitale Konversation zu vertiefen. Ich meinerseits wusste sehr wenig zu sagen und wär's zufrieden gewesen, einfach nur dort auf dem Rücken zu liegen und die in ihrer kosmischen Monotonie hypnotisch wirkende Zimmerdecke zu studieren. Vermutlich hatte ich gehofft, von lawinenartig über mich hereinbrechenden Schuldgefühlen zermalmt zu werden, doch als ich mich von meiner Zufallsbekanntschaft herunterrollte, wäre ich schon über den leisesten Anflug von Zerknirschung glücklich gewesen.

»Und, sehen wir uns wieder?«, fragte Linda, an meinem Ohrläppchen knabbernd.

»Um ehrlich zu sein, eher nicht.«

Das Knabbern hörte auf, augenblicklich.

»Du hättest wenigstens lügen können, du Arschloch«, sagte sie und drehte sich von mir weg.

Gar so unverblümt hatte ich ihr nicht zu verstehen geben

wollen, dass mir an einer Fortsetzung unserer Bekanntschaft nicht gelegen war, aber nun ließen sich die Worte nicht mehr zurückholen. Sie fühlte sich zu Recht gekränkt und verletzt, und sofort spürte ich den Stich des Schuldbewusstseins, der vorhin ausgeblieben war.

»Ich habe es nicht so gemeint«, sagte ich.

»Kannst du dir sparen.« Sie schniefte leise.

»Also, ich habe schon gemeint, dass wir uns nicht wiedersehen. Ich habe mich nur nicht richtig ausgedrückt. Ich finde dich wirklich sehr nett. Du bist sympathisch, kontaktfreudig ...«

»Vielen Dank.«

»Meine Verlobte ist vor zwei Tagen beerdigt worden, und wahrscheinlich habe ich das noch nicht ganz verarbeitet«, erklärte ich.

Sie setzte sich auf und starrte mich an, das Gesicht tränenfeucht und verschmiert.

»Was hast du gesagt?«

»Wir wollten am Samstag heiraten.«

»Machst du Witze?«

»Nein. Es ist wahr. Wir waren seit unserer Kindheit zusammen. Du bist erst das zweite Mädchen, mit dem ich je geschlafen habe.«

Sie musterte mich jetzt beunruhigend eindringlich. »Wie ist sie gestorben?«

»Sie hatte bei ihrem Junggesellinnenabschied den Hausschlüssel verloren, und als sie versuchte, durch ein Fenster im ersten Stock zu klettern, ist sie von der Leiter gefallen. Sie hat sich das Genick gebrochen und ist dann erfroren.«

»Jesses!«, stieß sie hervor.

»Das sagen die meisten.«

»Nein, ich meine, ich habe sie gekannt.«

»Du hast sie gekannt?«

»Georgia, richtig?«

»Richtig.«

»Jesses«, sagte sie wieder. »Ich war zu eurer Hochzeit eingeladen.«

∞

Ungefähr eine Woche darauf klopfte es an der Tür, und als ich öffnete, stand Roger, Georgias Bruder, draußen. Ich hatte seit der Beerdigung nichts mehr von ihm gehört und freute mich über seinen Besuch. Ich kannte ihn schon genauso lange, wie ich Georgia gekannt hatte, und obschon ich jetzt der einzige lebende Mensch war, der wusste, dass er mit seiner eigenen Schwester geschlafen hatte, waren wir Freunde. Georgias Tod hatte ihn schwer getroffen. Bei der Beerdigung und in der Zeit davor hatte er seine eigene Trauer hintangestellt, um mir beizustehen, und natürlich die genau gegenteilige Wirkung erzielt, weil ich mir nämlich erst recht vorkam wie ein schäbiger, gefühlloser Schuft. Von ihm stammte auch die zweitdümmste Bemerkung, die ich je in meinem Leben gehört hatte:

»Ich weiß, sie würde wollen, dass du dich für sie freust.«

...

Darauf gab es keine passende Antwort, deshalb versuchte ich erst gar nicht, eine zu finden. Wir standen am offenen Grab, ich schaute zu, wie der Sarg in die Erde gesenkt wurde, und kämpfte gegen den Drang, das Lied zu summen, das mir durch den Kopf ging, seit ich es am Morgen in der Wanne gehört hatte: »Walking on Sunshine« von Katrina and the Waves. Zufällig enthielt der Song einen der meiner Meinung nach besten Gitarrenriffs aller Zeiten, desungeachtet eignete er sich denkbar schlecht dazu, bei der Beerdigung meiner auf tragische Weise ums Leben gekommenen Verlobten gesummt zu werden.

»Rog-«, konnte ich nun noch sagen, bevor seine Faust mitten in meinem Gesicht landete. Von meiner neuen Position längelang auf dem Fußboden zu ihm aufschauend, eine Hand unter der gebrochenen Nase, aus der das Blut schoss, wollte es mir kaum gelingen, die wutverzerrten Züge über mir mit denen des behutsam Beistand leistenden und gefasst seine Trauer ertragenden Roger in Einklang zu bringen.

»Scheißkerl«, stieß er hervor.

»Ich glaube, du hast mir die Nase gebrochen«, beschwerte ich mich.

»Ich sollte dir deinen verdammten Hals brechen, du Arschloch!«

»Keine Ahnung, was ich deiner Meinung nach verbrochen haben soll, aber was immer es ist, ich schwöre, ich bin unschuldig.«

»Willst du etwa behaupten, du hättest nicht mit einem Mädchen namens Linda Paxton geschlafen, zwei Tage – *nur zwei gottverdammte Tage* – nachdem wir *meine* Schwester und *deine* Verlobte zu Grabe getragen haben? Eine Woche, bevor du sie *heiraten* wolltest? Willst du das behaupten, Ben?«

»Aha.« Ich schluckte Blut. »Da hast du allerdings recht. Das habe ich getan.«

»Wichser.«

Ich wusste, es juckte ihn, mich noch einmal zu schlagen. Und zu treten. Sein Verlangen, mir wehzutun, war so stark, dass ich es in heißen Wellen gegen mich branden fühlte. Aber ich wusste, er würde es nicht tun. Er brachte es nicht über sich. Er war so wütend, dass es ihm selbst mehr Angst machte als mir. Natürlich konnte ich verstehen, was in ihm vorging. Ihm wäre es egal gewesen, wenn ich seine Schwester betrogen hätte – mein Verbrechen war tausendmal abscheulicher. Ich hatte nichts anderes getan, in seinen Augen zumindest, als auf unsere gemeinsame Vergangenheit zu spucken, Georgias und meine, und ihm gezeigt, dass mir ihr Leben und ihr Andenken nichts, gar nichts bedeuteten.

Er muss wahrhaftig den Wunsch gehabt haben, mich umzubringen. Und ich konnte es ihm nicht übel nehmen.

»Wichser«, wiederholte er und wischte die Tränen weg, die ihm in die Augen geschossen waren.

Dann drehte er sich um und ging.

6

»Ich habe eine Affäre.«

Ich nehme an, wenn man seinen Lebensunterhalt damit verdient, Gevatter Tod in der Gegend herumzukutschieren, entwickelt man eine Resistenz gegenüber den banaleren Erschütterungen des täglichen Lebens, und eine Bombe wie die obige bewirkt keinen Schock, keine Verblüffung, nicht einmal das kleinste Wimpernzucken. Mit anderen Worten: Mein Bruder Ray verdaute dieses doch ziemlich überraschende Geständnis mit der ganzen Aufgeregtheit eines Steinbildnisses der Osterinsel bei der Information, es sei heute aber wieder ganz schön windig. Und dann reagierte er mit einer Frage, deren wahre Brillanz und Komplexität sich mir erst einige Tage später erschloss.

»Warum?«, wollte er wissen.

»Was meinst du damit?«, gab ich zurück.

»Was meinst du damit, was ich damit meine? Ich meine damit: Warum hast du eine Affäre?«

»Warum?«

»Ja, warum?«

Ich zuckte die Schultern. »Warum haben andere Leute Affären?«

»Ich weiß es nicht. Sag du's mir.«

»Ich weiß es auch nicht«, gestand ich.

»Liebst du sie?«

»Wen?«

Er verdrehte die Augen, eine Unart, die er sich früh im

Leben angewöhnt und beibehalten hatte, egal, wie oft unsere Mutter ihn deswegen ausschimpfte. »Das Mädchen, mit dem du die Affäre hast, du Trottel.«

»Nein.«

»Nein?«

»Na ja, kann sein.«

»Kann sein?«

»Also gut, ich glaube, ja.«

»Du glaubst?«

»Verflucht, ich bin mir nicht sicher, okay?«

Er lehnte sich in seinem Stuhl zurück und lutschte behutsam die Olive von dem Zahnstocher, um sie dann sorgfältig zu Mus zu zerkauen. Seit dem Erdnuss-Zwischenfall behandelte er kleine, potenziell luftröhrenblockierende Lebensmittel mit dem größten Respekt. Wir saßen im Zanzibar's, wo wir uns oft auf ein paar Martinis trafen, obgleich keiner von uns eine besondere Vorliebe für Martinis hatte. Wir taten es, vermute ich, weil wir beide unserem Leben einen Hauch von altmodischem Glamour verleihen wollten, und diese Methode war einfacher, als Gesellschaftstänze zu lernen oder Krawatten zu tragen.

»Du hast dir anscheinend noch nicht besonders viele Gedanken darüber gemacht«, befand er. »Was ist mit Cassie?«

»Was soll mit ihr sein?«

»Liebst du sie?«

»Selbstverständlich.«

»Wirklich?«

»Ich glaube, ja.«

»Du glaubst?«

»Also gut, nein.«

»Nein?«

»Himmelherrgottnochmal, ja *und* nein – glaube ich.«

»Glaubst du?«

»Manchmal weiß man's eben nicht genau. Liebst du Zadie?«

»Ja.«

»Ohne den Schatten eines Zweifels?«

»Ohne den Schatten eines Zweifels.«

»Auf Ehre?«

»Und Gewissen.«

»Und wie würdest du dich fühlen, wenn sie ... plötzlich bei einem Flugzeugabsturz ums Leben kommen würde?«

»Erschüttert bis ins Mark.«

»Ehrlich?«

»Selbstverständlich.«

Ich war beeindruckt. Rays tiefes Empfinden für seine Freundin verursachte mir Gewissensbisse. In seiner Gegenwart fühlte ich mich wie ein herzloses Monster.

»Würdest du sie je betrügen?«, fragte ich ihn.

Jeder normale Mensch hätte sofort geantwortet: »Ja.« Oder: »Nein.« Oder: »Kommt drauf an.« Oder auch: »Man soll niemals nie sagen.« Er aber überlegte volle dreißig Sekunden lang, als wäre ihm diese Möglichkeit überhaupt noch nie in den Sinn gekommen.

Dann antwortete er schlicht: »Nein.« Aber in einem solchen Brustton der Überzeugung, dass ich wusste: Er meinte es *ernst*, der Idiot.

∞

Mein anderer Bruder, Truman, ist seit Jahren glücklich verheiratet. Raymond und ich sind ihm zu ewiger Dankbarkeit verpflichtet, hat er sich doch selbstlos auf die tickende Zeitbombe der Erwartungen unserer Eltern geworfen und ihnen wahrhaftig Enkelkinder geschenkt. Ich bin überzeugt, sie fingen schon an, unsere Kinderlosigkeit persönlich zu nehmen, wenn auch nur auf genetischer Ebene (»Was denn, sind unsere Gene nicht gut genug, um sie weiterzugeben?«). Truman nahm fürs Erste den Druck von uns. Davon abgesehen produzierte er auch noch gute Qualität. Kein einziger Posh- oder Becks-Klon dabei, und schlimme Worte benutzen sie nur hinter dem Rücken ihrer Eltern.

Etliche Jahre vor diesem Akt aufopferungsvoller Vermehrung trug es sich zu, dass Truman auf einer Rundreise durch Europa in einem klapprigen alten Kombi ein Mädchen aus Buffalo, New York, traf und sich in sie verliebte.

Sie hieß Bunty.

Bunty aus Buffalo.

Als Sam – die Kleine, mit der er ein paarmal ausgegangen war, bevor er zu seinem großen Abenteuer aufbrach, was sie nicht daran hinderte, geduldig und erwartungsvoll die Tage bis zu seiner Rückkehr zu zählen – ihn vom Flughafen abholte, hatte er nichts Eiligeres zu tun, als ihr zu sagen, dass es aus war zwischen ihnen.

»Ich habe mich in eine Amerikanerin verliebt«, verkündete er.

Vielleicht hätte er warten sollen, bis sie zu Hause waren, denn sie fuhr nach dieser Nachricht ungebremst in einen Bus hinein. Die nächsten sechs Monate verbrachte er im Krankenhaus im Streckverband.

Bunty und Truman hatten ihre Beziehung nicht als schnöde Urlaubsliebe enden lassen wollen, und als für sie der Zeitpunkt kam, in ihre jeweilige Heimat zurückzukehren (sie nach Buffalo, er nach Stoke), versprachen sie einander, sich zu schreiben. Und während mein Bruder sich bei dem Aufprall auf das hintere Ende des Busses fast alle größeren Knochen im Leib brach, blieb sein linker Arm wunderbarerweise fast unbeschädigt. Diesmal erwies es sich also als nützlich, dass er Linkshänder war, so konnte er sein Versprechen einhalten.

Sie schrieben sich.

Täglich.

Dies mitzuerleben war schaurig-schön und hinterließ einen unauslöschlichen Eindruck in der noch formbaren Seele seines staunenden kleinen Bruders. Sie schrieben sich leidenschaftlich, besessen fast, sechs Monate lang. Und nicht ein einziges Mal in dieser Phase fieberhafter Korrespondenz erwähnte Truman die Tatsache, dass er im Krankenhaus lag, inmitten seiner marionettenartig an Schnüren hängenden diversen Gliedmaßen. Stattdessen erfand er ein ganz neues, anderes Leben. Daraus berichtete er, denn das war viel interessanter.

Nach seiner Entlassung aus dem Krankenhaus und in den Alltag zurückgekehrt, versuchte er, dessen Normalität zu Papier zu bringen. Das Ergebnis war keine besonders aufregende Lektüre. Alles ziemlich langweiliges Zeug, nichts, worüber es sich lohnte zu schreiben, schon gar nicht seiner Angebeteten, also fing er wieder an, aus jenem anderen, fiktiven Leben zu erzählen, das so viel bunter war. Geschichten aus einer Welt exklusiver Oldtimerrallyes, Loch-Ness-Erkundungen und romantischer, windgepeitschter Moore. In seiner Begeisterung darüber, sich auf diese Weise mental austoben zu dürfen, hatte er in null Komma nichts ein halbes Dutzend echte Knaller verfasst und losgeschickt, die Bunty über einen ganzen Ozean hinweg wie eine Breitseite trafen. Sie beschloss, keine weitere Zeit zu verschwenden und zu ihm zu fliegen.

Damit läutete sie das Ende ihrer Beziehung ein. Zu diesem Zeitpunkt fühlte Truman sich einer persönlichen Begegnung nicht mehr gewachsen. Ein Wiedersehen bedeutete Bloßstellung. Erklärungen. Offenbarung der tristen Wirklichkeit. Und statt des Schreckens ohne Ende wählte er das Ende mit Schrecken.

Er ließ sich sterben.

7

»Ich bekomme ein Kind …«

»WIE BITTE?«

»… wenn ich glaube, dass ich dazu bereit bin«, vollendete Cassie den angefangenen Satz. »Ich habe darüber nachgedacht. Auf jeden Fall will ich später ein Kind haben.«

Ich konnte wieder atmen. »Jesses Maria!«, stöhnte ich. »Jetzt hätte mich fast der Schlag getroffen.«

»Wäre ein Kind denn so schlimm?«, fragte sie.

»Nein.« Ich schüttelte den Kopf. »Es wäre schlimmer. Viel, *viel* schlimmer. Ich bin als Vater *absolut* nicht zu gebrauchen. Ich wäre eine Niete. Eine Katastrophe.«

»Du wärst großartig. Du wärst ein wundervoller Vater.«

La Grande Illusion.

Was um alles in der Welt bringt ansonsten vollkommen vernünftige menschliche Wesen zu der Überzeugung, sie hätten die Gabe, tief verborgene beziehungsweise gar nicht vorhandene Vaterinstinkte zu erkennen, und könnten derartige, durch nichts begründete Prophezeiungen aussprechen? Hatte ich Cassie je durch Worte oder Taten Veranlassung gegeben zu glauben, dass ich als Vater etwas anderes sein würde als der traurigste aller traurigen Versager? Ich war ein fauler, infantiler, emotional unterentwickelter, krankhaft egoistischer Kerl Mitte dreißig, und damit nicht genug: Es gefiel mir, so zu sein. Als ich sagte, ich sei als Vater eine Niete, machte ich mich in keiner Weise einer Übertreibung schuldig.

Ich würde versagen.

Garantiert.

Aber man versuche das einer Frau klarzumachen, die einen bereits als brauchbares Vatermaterial auf der Liste hat.

∞

Als mein eigener Vater so alt war wie ich, hatte er bereits drei Kinder. Gleich bei ihrer ersten Verabredung machte er meiner Mutter einen Heiratsantrag. Sie sagte nein. Bei ihrer zweiten Verabredung versuchte er es wieder. Auch diesmal sagte sie nein. Das ging eine Zeit lang so weiter. Zu guter Letzt sagte sie ja. Meine Mutter war fünfundzwanzig, als sie in den heiligen Stand der Ehe trat, mein Vater zweiundzwanzig. Die Mutter meiner Mutter war nicht sehr glücklich darüber. Sie hielt generell nichts vom Heiraten. Vielleicht nachvollziehbar, wenn man zwölf Kinder geboren hat.

Sie hätte meine Mutter gern als Nonne gesehen. Der Vater meiner Mutter und ihre elf Brüder hätten das ebenfalls befürwortet. Doch meine Mutter dachte gar nicht daran, den Schleier zu nehmen.

Stattdessen heiratete sie meinen Vater. Ich nehme an, infolge der hochgesteckten religiösen Erwartungen hatte man allseits verabsäumt, meiner mit ihren fünfundzwanzig Jahren erstaunlich unschuldigen Mutter in spe gewisse grundlegende Kenntnisse zu vermitteln, zum Beispiel wo die Babys herkommen und wie zwecks Erzeugung derselben zu verfahren ist. Sie hatte nicht den blassesten Schimmer. Die Hochzeitsnacht war, wie man sich vorstellen kann, ein ziemlicher Reinfall. Mein Vater hatte Mühe, seine frischgebackene Ehefrau davon zu überzeugen, dass abscheuliche Akte wie dieser überhaupt vollzogen wurden, geschweige denn sie dazu zu bewegen, selbst bei derlei Handlungen mitzuwirken. Es lief darauf hinaus, dass er es durchs Schlüsselloch tun musste (sie überzeugen), während sie auf der anderen Seite der Tür auf dem Rand der Badewanne saß und ihr Bild im Spiegel anstarrte.

In jener Nacht schwirrte meiner Mutter der Kopf, als sie ihn im Dunkeln auf ihr Kissen bettete. Nie war ihr das Klosterleben verlockender erschienen.

∞

Doch irgendwann hatten sich die Wogen geglättet, die Natur nahm ihren Lauf, und das Ergebnis waren wir: meine zwei Brüder und ich. Im Alter von dreißig Jahren trug mein Vater die Verantwortung für insgesamt vier andere Menschen. Natürlich lag bei meiner Mutter die größte Last der Kindererziehung, aber der Punkt ist, dass mein Vater, damals jünger, als ich es jetzt bin, eine Aufgabe schulterte, unter der ich – und wäre sie nur halb so groß – eingehen würde wie eine Primel.

∞

Eine Zeit lang drohte die Frage der Zeugung eigener Nachkommenschaft für mich ohnehin rein akademisch zu bleiben. Nach mehrmaligem Versagen auf einem gewissen Gebiet – völlig normal, wie einschlägige Quellen mich belehrten, wenn es *gelegentlich* vorkommt – hatte ich über Monate hinweg versucht, den Mut für einen klitzekleinen Telefonanruf aufzubringen. Ich wählte und legte auf. Wählte und legte auf. Endlich schaffte ich es zu wählen und *nicht* aufzulegen, und hatte kurz darauf einen Termin bei meinem Hausarzt für Mitte der folgenden Woche. Man kann, beruhigte ich mich, ja immer noch absagen.

Ich sagte nicht ab, doch die Tage und Nächte bis zu dem vereinbarten Termin waren erfüllt von banger Erwartung, und dann saß ich im Wartezimmer, starrte blind in die alte Ausgabe eines Handarbeitsmagazins und steigerte mich in eine nervöse Panik hinein, die immer stärker wurde, je näher der Augenblick der Wahrheit rückte, der mir seit Monaten Alpträume verursachte.

Und dann war es so weit.

»Benton Kirby?«

Ich schaute mit einer Miene gespielter Überraschung – »Wer, ich?« – von meinem Magazin auf, um sodann noch einen letzten, verlangenden Blick auf den studierten Artikel zu werfen, als könnte ich mich nur mit Mühe von dieser überaus fesselnden Lektüre losreißen.

Ich legte die Zeitschrift weg, stand auf und fragte mich stumm: »O mein Gott, warum habe ich bloß nicht abgesagt?«

∞

»Also ... Was für ein Problem haben wir denn?«

Ärzte, wie auch Polizisten oder Popstars, haben gefälligst älter zu sein als ich. Das war die natürliche Ordnung der Dinge. Es wird mir immer, auch wenn ich hundert Jahre alt werden sollte, zutiefst suspekt sein, wenn sie es nicht sind.

»Problem?«, erkundigte ich mich unschuldig.

»Ich meine«, er lächelte, »was können wir heute für Sie tun?«

»Wir?« Unwillkürlich huschte mein Blick durch den Raum, um womöglich eine bis jetzt nicht in Erscheinung getretene Assistentin zu erspähen, die, unter dem Untersuchungstisch versteckt, heimlich Notizen machte.

»Nur so eine Redensart«, beruhigte er mich. »Ich sprach von mir. Was kann ich heute für Sie tun?«

»Nichts.«

»Nichts?«

»Tatsächlich fühle ich mich schon wieder ganz wohl, danke.«

»Wirklich?«

»Aber ja.«

»Sind Sie sicher?«

»Absolut. Mein Befinden könnte nicht besser sein.«

»Mein Gott!«, rief er aus. »Ein Wunder ist geschehen. Sagen Sie es allen Ihren Freunden. Ich werde mich vor Patienten nicht retten können.«

Auch wenn ich mir vorkam wie ein Idiot, ich konnte mich einfach nicht überwinden, diesem wildfremden Menschen, den ich vor knapp einer Minute zum ersten Mal gesehen hatte, mein intimstes, dunkelstes Geheimnis anzuvertrauen, ganz egal, wie oft ich mir die schicksalhaften Worte schon vorgesagt hatte. Rotglühende Eisen und Daumenschrauben hätten es mir nicht entreißen können. Um der Wahrheit die Ehre zu geben: Allein der Anblick hätte mir schon die Zunge gelöst, nur hielt ich es für höchst unwahrscheinlich, dass diese halbe Portion von einem Dr. med. zu Foltermethoden greifen würde, um mich zu einem Geständnis meines peinlichen Problems zu bewegen.

Und dann das.

»Lassen Sie mich nur ein Wort sagen«, versetzte mein ganz persönlicher Dr. Milchbart, und dann sagte er es. »Bravo.«

Ich starrte ihn an.

»Soll heißen«, erklärte er, »bravo, dass Sie den ersten Schritt gemacht haben. Ich wette, Sie haben wochenlang mit sich gerungen, bevor sie so weit waren, diesen Termin zu vereinbaren, stimmt's?«

Es war unheimlich.

»Zwei Monate.«

»Und ich wette, Sie haben seitdem die Hölle durchgemacht, auch richtig?«

»Auch richtig.«

»Sie würden sich wundern, wenn Sie wüssten, wie oft ich das höre.«

Ich konnte es nicht glauben. Nie zuvor in meinem ganzen Leben hatte ein Mensch es geschafft, schon gar nicht ein Grünschnabel frisch von der Uni, mir einfach so jede Nervosität und Befangenheit zu nehmen. Für seine Gabe im Umgang mit Patienten hätte manch anderer Arzt gemordet. Am liebsten hätte ich ihn geküsst, und ich saß noch da und jubilierte innerlich, weil das Schicksal mir diesen Arzt mit Intuition und Fingerspitzengefühl beschert hatte, als er den Glücksmoment zerstörte, indem er hinzufügte: »Wenn Sie jetzt bitte die Hose herunterlassen wollen, könnten wir anfangen.«

»Wie bitte?«

»Lassen Sie bitte die Hose herunter.«

»Sie wollen sich's ansehen?«

»Das ist die übliche Methode.«

»Wirklich?«

»Allerdings.«

Also kam ich der Aufforderung nach und setzte mich wieder hin, zu fünfzig Prozent nackt und hundert Prozent verlegen, Hose und Unterhose um meine Fußknöchel geringelt.

»Diese Untersuchung lässt sich leichter im Stehen durchführen«, erläuterte er.

Ich erhob mich gehorsam.

»Wenn Sie sich dann bitte mit den Händen an diese Wand lehnen und die Beine etwas spreizen.«

Obwohl von dem Prozedere ein wenig verwirrt, schlurfte ich zu der bezeichneten Wand und nahm die gewünschte Haltung ein. Ich kam mir vor wie in einer amerikanischen Krimiserie: Von den Bullen geschnappt, sollte ich jetzt nach Waffen abgetastet werden, nur war ich versehentlich mit heruntergelassener Hose erwischt worden, und die hartgesottenen Cops spielten nun Schere-Stein-Papier, um denjenigen zu ermitteln, der mich filzen musste oder durfte. In der Realität aber wandte ich den Kopf und sah bei einem Blick über die Schulter, wie der Arzt zu meiner Bestürzung einen einzelnen Gummihandschuh überstreifte.

»Gleich wird es wahrscheinlich ein wenig unangenehm, aber es ist schnell vorbei«, informierte er mich.

»Warum? Was wollen Sie tun?«

Jetzt sah er ein wenig verwirrt aus. »Ich werde meinen Finger in Ihren After schieben.«

»Was? Wozu?«

»Um Ihre Prostata abzutasten, selbstverständlich.«

»Aber ich möchte nicht, dass meine Prostata abgetastet wird.«

»Nicht?

»Nein!«

»Oh.«

Da standen wir nun beide.

»Ganz sicher nicht?«

»Nein.«

»Oh«, sagte er. »Ich dachte, deshalb wären Sie gekommen.«

»Da haben Sie sich geirrt.« Und ich machte Anstalten, meine Hosen wieder hochzuziehen.

»Tja, eigentlich schade«, erklärte er.

»Inwiefern?«

»Nun, Sie stehen schon parat, ich habe den Handschuh an, und außerdem ist es wirklich sehr gut, ab und an nach dem Rechten schauen zu lassen, sogar in Ihrem Alter. Aber was soll's«, er seufzte schwer, »wenn Sie nicht wollen ...«

Er sah dermaßen enttäuscht aus, dass er mir leidtat. Wenn ihm so viel daran lag, mir den Finger in den After zu stecken, wäre es unhöflich von mir, ihm diesen Wunsch nicht zu erfüllen. »Nun denn«, sagte ich und ließ die Hosen wieder fallen. »Legen Sie los.«

Also bohrte er einen Latexfinger in meinen Allerwertesten, was zu meiner größten Überraschung und Beschämung eine spontane und dramatische Reaktion in meinem bisher schlaffen Glied provozierte. Auf gut Deutsch: Es bewirkte einen knüppelharten Ständer von der Qualität, die einen brünstigen Stier mit Stolz erfüllt hätte.

»Sie haben da eine sehr schöne, gesunde Erektion«, bemerkte er.

»Danke«, erwiderte ich so beiläufig wie unter den Umständen möglich.

»Ein Effekt der Vorsteherdrüse. Passiert manchmal.«

»Was Sie nicht sagen.«

»Nun, da drinnen scheint alles in bester Ordnung zu sein«, befand er und streifte den Handschuh ab. »Nachdem wir das geklärt haben, weswegen – ach ja, Sie können die Hose jetzt wieder anziehen –, weswegen sind Sie nun eigentlich zu mir gekommen?«

Ich kämpfte mit meinem Reißverschluss.

»Ach das«, sagte ich. »Hat sich erledigt.«

8

»Ich bekomme ein Kind.«

»WIE BITTE?«

»Freust du dich etwa nicht?«, fragte Georgia mich.

»Freuen? Heiliger Strohsack, wir sind siebzehn. Deine Eltern werden mich umbringen – *meine* Eltern werden mich umbringen! Ganz egal in welcher Reihenfolge, ich bin tot!«

»Mach dir keine Sorgen. Du bist aus dem Schneider.«

»Was soll das heißen, ich bin aus dem Schneider? Ich bin vielleicht nicht gerade entzückt darüber, aber ich werde nicht so tun, als wäre es allein deine Sache. Ich bin genauso verantwortlich dafür wie du. Wir stehen das zusammen durch.«

»Freut mich, das von dir zu hören, Ben, aber du bist wirklich aus dem Schneider. Es ist nicht von dir.«

Ich starrte sie an. »Wie war das?«

Sie wiederholte, was sie gesagt hatte.

»Von wem ist es dann?«, wollte ich wissen.

»Von Roger.«

»Von *Roger*?«

»Ja, ich bin ganz sicher.«

»Lieber Himmel. Und was willst du jetzt tun?«

»Was glaubst du wohl?«

»Hast du's ihm gesagt?«

»Natürlich nicht.«

»Aber sollte er nicht Bescheid wissen?«

»Wozu? Damit wir uns gemeinsam ein paar schöne Namen ausdenken?«

»Wenn bloß das Zimmer nicht angefangen hätte, sich um mich zu drehen, wäre das alles nicht passiert!«, bejammerte ich, was nicht mehr zu ändern war.

»Alles halb so wild. Cindy Plangton hat schon zwei gehabt.«

»Babys?«, fragte ich, maßlos überrascht.

»Abtreibungen«, korrigierte Georgia mich.

»Wirklich? Das habe ich nicht gewusst.«

»Na ja, das sind keine Dinge, die man unbedingt an die große Glocke hängt, oder?«

∞

Cindy Plangton kannte ich sogar noch länger als Georgia. Wir hatten in der Vorschule nebeneinander gesessen, und sie schubste damals immer meine Bleistifte vom Tisch. Als ich mich bei meiner Mutter darüber beklagte, wartete sie mit folgender Erklärung auf: »Cindy schubst deine Bleistifte vom Tisch, weil sie dich gernhat.« Ich verstand den Zusammenhang nicht, akzeptierte jedoch die psychologische Analyse meiner Mutter, und als Cindy Plangton das nächste Mal meine Bleistifte vom Tisch schubste, klärte ich sie treuherzig darüber auf, dass sie mich gernhatte, wahrscheinlich sogar verliebt in mich war und mich bestimmt auch küssen wollte, woraufhin sie aufstand, mit dem Fuß auf meine am Boden liegenden Bleistifte stampfte und die Lehrerin höflich darum bat, an einen anderen Tisch gesetzt zu werden.

Bis heute weiß ich nicht, ob meine Mutter recht gehabt hat.

∞

»Hat es wehgetan?«
»Ich will nicht darüber reden.«
»Okay«, sagte ich.

9

Die Wirkung des in mein Rektum eindringenden ärztlichen Latexfingers, so spektakulär sie gewesen sein mochte, war nichts verglichen mit der Wirkung von Cherrys Finger in derselben Körperöffnung. Angesichts der unglaublichen Verwandlung meines Penis wurden ihre Augen riesengroß, und der Mund blieb ihr offen stehen. Mein Penis hatte sich wahrhaftig selbst übertroffen. Ich fühlte mich wie ein Hengst. Mir war schwindelig von der Blutleere in meinem Kopf. Ich griff nach einem vorsorglich, aber diskret platzierten Kondom, riss die Hülle auf und bemühte mich, es so erotisch wie möglich über meinen – eine bessere Beschreibung fällt mir nicht ein – angeschwollenen Pimmel zu rollen. Das ist die Phase, die in Hollywoodfilmen traditionell unterschlagen wird. Im Film sind Sie und Er eben noch voll bekleidet und dann stracks beim löblichen Tun. Kein verlegenes Herumfummeln mit glitschigen Kondomen, die einfach nicht passen wollen. Meine letzte diesbezügliche Erfahrung lag ziemlich weit zurück, und für einen flüchtigen Moment fragte ich mich, ob ich aus Versehen *extraklein* gekauft hatte oder ob das von jedem Mann erhoffte Wunder geschehen und mein Penis tatsächlich gewachsen war.

Wie dem auch sei, ich verlor in einem rekordverdächtigen Tempo Punkte auf dem Erotometer, besonders, als die überdehnte Gummihaut wegflutschte und anmutig durchs Zimmer segelte. Ich versuchte noch, mir darüber klar zu werden, was peinlicher war, sie wiederzuholen oder auf meine Reserve zurückzugreifen und einen zweiten Versuch zu starten, da meldete sich Cherry zu Wort und verkündete, dass wir wahrscheinlich kein Kondom brauchten, es seien ihre sicheren Tage (dass sie noch Jungfrau war, bedeutete nicht, dass sie nie *Cosmopolitan* gelesen hatte). Ich hätte sie abknutschen können. Tatsächlich war ich eben im Begriff, das zu tun und mehr, als ich hörte, wie ein unverwechselbar geformtes Stück Metall in einen gleichfalls unverwechselbaren metallenen Schlitz geschoben wurde.

Da, wie ich ganz sicher wusste, nur zwei Personen solch ein unverwechselbar geformtes Stück Metall besaßen, eine davon ich und die andere Cassie, kündigte dieses Geräusch eine Katastrophe an.

Erst erstarrte ich.

Dann geriet ich in Panik.

Nur wenige Sekunden bis zu unserer Entdeckung, fünf, zehn vielleicht, bevor mein ganzes bisheriges Leben ein jähes Ende finden würde.

»Versteck dich!«, zischte ich. »Das ist meine *Freundin!*«

Doch es gab kein Versteck, einen Fluchtweg ebensowenig. Das ist ein Nachteil des Lebens in der Stadt: keine Hintertüren. Da war der eingebaute Kleiderschrank, aber bevor man sich darin verkriechen konnte, hätte man erst einmal die Hälfte der darin befindlichen Klamotten herausnehmen müssen. Der zweite Nachteil des Lebens in der Stadt: nie genug Stauraum.

Ich hörte, wie die Tür geöffnet wurde. Ich hörte Cassies Stimme. Sie sagte: »Ich bin zu Hause.« Diese banalen Worte trafen mich wie ein Blitz, und ich begriff in diesem viel zitierten Augenblick der Erkenntnis, dass meine größte Furcht nicht der aktuellen Situation galt, der Entdeckung meiner Untreue, sondern der Zukunft, einer unbekannten Zukunft, und ganz sicher, so sicher wie das Amen in der Kirche, *ohne Cassie.* »Ich bin zu Hause« würden – bittere Ironie des Schicksals – die letzten Worte sein, die ich von ihr hörte, bevor sie anfing, mich zu hassen.

In diesem Moment machte ich die entscheidende Entdeckung. Eine der Schiebetüren des Kleiderschranks war offen, und aus dem obersten Fach quollen die Plastikmüllsäcke mit unseren über den Sommer darin verstauten Wintersachen. Ich sprang vom Bett, zerrte einen davon herunter und schüttete ihn aus. Dann stand ich da, splitterfasernackt, die leere, schwarze Tüte in den Händen, während Cherry in der gegenüberliegenden Ecke kauerte, ebenfalls nackt, aber in der klassischen Hände-vor-Titten-und-Muschi-Pose.

Sie sah anbetungswürdig aus. Wie Botticellis *Geburt der Venus* – allerdings gekreuzt mit einem im grellen Scheinwerferlicht eines heranrasenden Lasters erstarrten Karnickel.

Und dann, für mich unerklärlich, brach sie in haltloses Gekicher aus. In Anbetracht der Tatsache, dass sie keine besonders zum Kichern neigende Person war und unsere derzeitige Situation jeglicher Komik entbehrte, handelte es sich bei diesem uncharakteristischen, zeitlich prekären Heiterkeitsausbruch offenbar um eine unbeherrschbare nervöse Reaktion, die ich ihr nicht verdenken konnte. Erst recht dann nicht mehr, als ich ihrem Blick folgte, dorthin, wo meine Erektion – meine nunmehr extrem unangebrachte Erektion – immer noch voller Spannkraft auf- und niederwippte und deutlich danach strebte, ihre Bestimmung zu erfüllen.

»Das ist also das Ende?«, dachte ich bei mir, plötzlich vollkommen ruhig und klar. Mochte ich mich auch tapfer weiter bemühen, meine vor dem Scheitern stehende Beziehung von den Klippen, an denen sie zu zerschellen drohte, wegzusteuern, der Sog der Brandung hatte mich bereits gepackt und würde mich nicht wieder hergeben. Meinem von Adrenalin aufgeputschten Körper war es vielleicht noch nicht klar, mein Geist aber hatte die Unabwendbarkeit des Verhängnisses längst akzeptiert, deshalb konnte ich mir den Luxus eines Moments objektiver Betrachtung der Lage erlauben. Dabei offenbarte sich mir ein Szenario von genialem Aberwitz, das es wert gewesen wäre, die Zeit anzuhalten, damit wir alle Muße hatten, es zu würdigen, nur bezweifelte ich, bezweifelte ganz entschieden, dass Cassie und Cherry meine Begeisterung teilen würden.

»Sei's drum«, sagte ich zu mir selbst, die Tüte zum Äußersten entschlossen in beiden Händen, während Cherry einen neuerlichen Kicheranfall unterdrückte und Cassie – meine Geliebte, Partnerin und beste Freundin – sich anschickte, die Schlafzimmertür zu öffnen, in dem aus ihrer Sicht gerechtfertigten Vertrauen, auf der anderen Seite ihr Leben genauso vorzufinden, wie sie es vor wenigen Stunden zurückgelassen hatte.

∞

Tut mir leid, Cassie.

10

Geschätzte anderthalb Minuten bevor mein Bruder Ray sich an einer gerösteten Honigerdnuss verschluckte und zu ersticken drohte, standen wir an der Bar und schauten zu, wie mein anderer Bruder, Truman, in bester *Dirty Dancing*-Manier eine kesse Sohle aufs Parkett legte, mit Unterstützung einer extrem betrunkenen, extrem attraktiven älteren Frau, deren extrem bulliger, extrem wütender Gatte in etwa anderthalb Minuten seinen überraschenden und Schrecken verbreitenden Auftritt haben würde.

»Glaubst du, er ist glücklich?«, fragte ich Ray.

»Schau ihn an. Er amüsiert sich prächtig.«

»Nein, ich meinte, so alles in allem.«

»Aha.«

»Verheiratet. Kinder. Hypothek. Jesses Maria!«

»Gewöhn dich dran, Alter.«

»Was tue ich da, Ray? Kannst du mir das sagen? Was, zum Teufel, tue ich gerade?«

»Du weißt es nicht?«

»Ich habe keine Ahnung.«

»Das übliche Muffensausen vor der Hochzeit. Kein Grund zur Sorge.«

»Echt? Mehr steckt nicht dahinter?«

»Ehrlich?«

»Klar.«

»Nein.«

»Nein?«

»Du willst gar nicht wissen, was ich denke.«

»Doch, will ich.«

»Nein, willst du nicht.«

»Verflucht!« Ich stierte in meinen Drink. »Ich stehe kurz davor, den größten Fehler meines Lebens zu machen, aber ich weiß nicht, was der Fehler ist – heiraten oder nicht heiraten.«

»Kleiner Bruder«, sagte er und nahm eine geröstete Honigerdnuss, »ich gebe dir jetzt den besten Rat, den du je in deinem Leben bekommen wirst.« Er schnippte die Erdnuss in die Luft, und in der Sekunde, die sie brauchte, um diesen kurzen Weg von der Hand in den Mund zurückzulegen, erschien der extrem bullige, extrem wütende Gatte von Trumans extrem betrunkener, extrem attraktiver Tanzpartnerin auf der Bildfläche, eine extrem unangenehm aussehende abgesägte Schrotflinte in den Händen.

»Hure, verdammte!«, brüllte er. »Stirb!«

∞

Zadie, Rays zukünftige Freundin, war Lesbe oder, genauer gesagt, auf dem Weg zur Ex-Lesbe. Vor nicht ganz einer Minute hatte sie ihre Freundin von dieser Entwicklung unterrichtet. Zadie hatte noch nie eine Beziehung mit einem Mann gehabt, doch in letzter Zeit fühlte sie sich mehr und mehr zum männlichen Geschlecht hingezogen, hingegen weniger und weniger zu Frauen. Auch für sie selbst ein Schock.

»Ich bin nicht mit Absicht hetero geworden«, versuchte sie ihrer nunmehr Exfreundin zu erklären. »Es ist einfach passiert.«

∞

Als der bullige, wütende Ehemann mit der abgesägten Schrotflinte auftauchte und brüllte, sprang Zadie, den Schmerz der gerade vollzogenen Trennung vergessend, vom Stuhl auf, schmetterte ihm eine leere Flasche australischen Chardonnay gegen den Hinterkopf und verhinderte durch diese Tat mit an Sicherheit grenzender Wahrscheinlichkeit den Tod vieler unschuldiger Menschen, unter ihnen mein Bruder.

Inzwischen war Ray auf die Knie gesunken. Er bekam keine Luft, weil die geröstete Honigerdnuss nichts Besseres zu tun gehabt hatte, als ihm in die falsche Röhre zu geraten. Sein Gesicht wurde langsam blau.

»O Gott!«, schrie ich. »Ist hier jemand zufällig Arzt?«

Zadie trat vor.

»Nein«, sagte sie, »ich bin Anwältin.«

Dann schlang sie von hinten die Arme um den Oberkörper meines Bruders, ihres künftigen Lebensgefährten, legte ihm die Faust unter das Brustbein und ruckte mit aller Kraft.

Die Erdnuss schoss quer durch den Raum.

∞

Vielen Dank, Zadie.

11

An meinen Augenbrauen bemerkte ich es zuerst.

Von einem Tag zum anderen hätte ich Fliegen daran aufspießen können. Sie waren so lang und borstig, dass ich mir angewöhnen musste, sie regelmäßig zu stutzen. Damit nicht genug: Ich konnte die Finger nicht davon lassen, dauernd musste ich darüberstreichen, sie zwirbeln, daran zupfen. Ich ertappte mich dabei, dass ich diesem neuen Hobby frönend auf dem Bett lag, an die Decke starrte, den Kopf völlig leer, dann mit einem Ruck zu mir kam und registrierte, dass zehn, fünfzehn, zwanzig Minuten vergangen waren. Und das Phänomen beschränkte sich nicht nur auf meine Augenbrauen. Ich hätte wetten mögen, dass meine Nasenhaare üppiger wucherten als noch vor wenigen Wochen, zudem sprossen einzelne Härchen an den absonderlichsten Stellen meines Körpers: dem linken Bizeps, einem Fingerknöchel, sogar auf einer bis dato babyglatten Hinterbacke. Und ich wusste, was mir als Nächstes bevorstand. Truman hatte mir kürzlich anvertraut, er habe bei sich ein graues Schamhaar entdeckt, und er war nur drei Jahre älter als ich.

∞

Ich erinnere mich noch an mein allererstes Schamhaar. Es tauchte über Nacht auf. Ich ging zu Bett kahl wie eine meiner Actionfiguren und erwachte mit – nun ja, mit einem Haar in meinem Intimbereich. Geraume Zeit blieb es bei dem einen.

Ich gewöhnte mir an, tagsüber ab und zu einen Blick zu riskieren, um zu kontrollieren, wie die Dinge sich entwickelten. Als ich einmal während des Unterrichts die aktuelle Lage inspizierte, wurde der Lehrer aufmerksam und rief: »Keine Sorge, Benton, ich bin überzeugt, er ist noch da.« Auf der Stelle beschloss ich, nicht zu ruhen, bis ich den schwarzen Gürtel in Karate erworben hatte, um den Spötter eines Tages meinerseits vor der gesamten Klasse zu demütigen, indem ich ihm mit einem einzigen Handkantenschlag das Genick brach.

∞

Lange bevor wir so weit waren, uns für Schamhaare zu interessieren, brachten Truman und ich eines schönen Tages das Kunststück fertig, uns die Augenbrauen abzusengen, und zwar im Rahmen eines Experiments, welches erforderte, brennende Streichhölzer in ein enges, übelriechendes Lüftungsrohr zu werfen. Wir rissen ein Streichholz an, ließen es fallen und beugten uns vor, um zu sehen, was passierte. Die ersten zehn oder zwölf Male passierte nichts, aber dann! Nach der Explosion waren wir vorübergehend taub, angekokelt und konnten uns glücklich schätzen, nur die Augenbrauen eingebüßt zu haben und nicht das Augenlicht. Eine Zeit lang war es lustig, keine Augenbrauen zu haben, und wir malten uns mit Textmarker gegenseitig welche an, manchmal dicke, buschige, dann wieder geschlängelte oder auch eine Braue normal und die andere nonchalant hochgezogen, aber aus irgendeinem Grund wollten Trumans Brauen nicht nachwachsen. Sobald er der Einzige war, der keine hatte, machte das Anmalen nicht mehr so viel Spaß, deshalb beschlossen wir, einen dauerhafteren Ersatz herzustellen. Wir kappten seinen Pony, besorgten doppelseitiges Klebeband und hatten eine Ewigkeit damit zu tun, die winzigen Haarschnipsel einzeln und senkrecht darauf zu befestigen, was genauso kniffelig war, wie es sich anhört. Dann wurden sie angebracht, und ich trat zurück, um das Ergebnis zu begutachten.

»Perfekt!«, verkündete ich.

»Sind sie gleich?«

»Gleicher.«

»Dann will ich's mir ansehen.«

Er studierte seine Augenbrauen aus verschiedenen Blickrichtungen im Spiegel und testete sie mit einem Schnelldurchlauf seines Mienenspiels, von Überraschung zu Ärger zu Gleichgültigkeit, dann verkündete er, sie seien sogar besser als das Original.

»Das wird großartig«, sagte er.

∞

Was so großartig werden sollte, weiß ich nicht, aber ich kann mich erinnern, wie sehr ich mich ärgerte, dass meine Brauen nachgewachsen waren, und dass ich mir nichts sehnlicher wünschte, als auch ein Paar Attrappen zu haben, die mit Klebeband ins Gesicht gepappt wurden.

∞

Später bekam er ein Paar speziell für ihn angefertigter Augenbrauen, die auch bei genauerem Hinsehen nicht von echten zu unterscheiden waren, und er hätte sie mit Stolz rund um die Uhr getragen, nur bestand unsere Mutter darauf, dass er sie nachts abnahm.

»Damit du sie nicht verschluckst«, sagte sie.

Folglich klebte Tru sie jeden Abend beim Zubettgehen über dem Kopfende an die Wand, wo sie bis zum Morgen auf ihn warteten wie zwei handzahme Raupen. Gelegentlich vergaß er, sie wieder in sein Gesicht zu transferieren, lief herum und fühlte sich seltsam nackt, bis ihm oder einem anderen Familienmitglied auffiel, was fehlte, worauf er seine Morgentoilette ordnungsgemäß vervollständigte.

∞

Als er älter wurde und es irgendwann nicht mehr so spannend war, das einzige Kind mit falschen Augenbrauen in seiner Klasse, auf der Schule oder vielleicht auf der ganzen Welt zu sein, sah er sich eben wegen dieses Gesichtszubehörs bei zahlreichen Gelegenheiten mit einer schwerwiegenden Frage konfrontiert, nämlich: In welchem Stadium einer Beziehung sollte er eine Freundin oder potenzielle Freundin darüber aufklären, dass seine Augenbrauen nicht ganz das waren, was sie zu sein vorgaben?

»Ich persönlich«, erklärte Raymond, als das Problem zum ersten Mal auftauchte, »würde warten, bis sie richtig angebissen hat. Bloß nicht zu früh zu viel preisgeben.«

»Dann findest du nicht, dass ich's ihr sagen sollte?«

»Kommt drauf an. Hat sie angebissen?«

»Sie hat erlaubt, dass ich ihre Titten anfasse.«

»Von innen oder außen?«

»Außen.«

»Dann würde ich noch warten.«

Ich, der ich als kleiner Bruder diesem Wortwechsel lauschte, wunderte mich maßlos über diese merkwürdige, halberwachsene Logik. Mir kam sie so kompliziert vor. So komplex. So *unnötig* kompliziert und komplex. Mit anderen Worten: Ich fand, sie übersahen das, was eigentlich nicht zu übersehen war.

»Musst du's ihr denn sagen?«, fragte ich.

Ray betrachtete mich erschüttert und erstaunt. »O Mann, die neugierige kleine Ratte hat recht«, rief er.

Ich grinste von einem Ohr zum anderen. »Du musst es ihr nicht sagen, warum auch? Es geht doch nicht um den Bund fürs Leben. Du willst sie doch nur vernaschen, richtig? Sie braucht es nie zu erfahren.«

»Aber wenn eine abfällt beim – na, du weißt schon?«, wandte Tru ein, nicht restlos überzeugt.

»Nimm zusätzlichen Kleber«, schlug Ray vor, »und mach's kurz.«

12

Jahre später und nicht lange nachdem Georgia von der bewussten Leiter gefallen und letztendlich erfroren war, ging ich eine Zeit lang mit einem Mädchen, das ich in einer Buchhandlung kennengelernt hatte. Nicht, dass ich darauf aus gewesen wäre, ein Mädchen in einer Buchhandlung kennenzulernen oder überhaupt, sondern ich vergeudete lediglich etwas kostbare Lebenszeit damit, den absolut dämlichsten Haufen Quatsch mit Soße zu lesen, der mir je untergekommen war, und dabei zu denken: »Das ist der absolut dämlichste Haufen Quatsch mit Soße, der mir je untergekommen ist, und trotzdem war nicht nur jemand der Meinung, dass dieses Machwerk gedruckt werden müsste, sondern garantiert finden sich Leute, die es kaufen und lesen und dann ihren Freunden empfehlen, und falls ihre Freunde zu klug sind, um sich beschwatzen zu lassen, werden jene Leute es kaufen und ihnen schenken und noch dazu eine geistlose Widmung hineinschreiben, so dass man es nicht einmal zurückbringen oder einem anderen Deppen unterjubeln kann, und irgendwann müssen die Beschenkten es lesen, weil ihre unsäglichen Freunde ihnen so lange keine Ruhe lassen werden, bis sie es getan haben.«

Womit genau dieses spezielle Werk sich meine vehemente Abneigung verdient hatte, weiß ich nicht mehr, aber ich wollte das Buch gerade energisch zuklappen und mit einem verächtlichen Schnauben meiner Umwelt kundtun, was ich von dieser Schwarte hielt und von jedem, der so beschränkt war, sie nicht energisch und mit einem verächtlichen Schnauben zuzuklappen, als die Person neben mir, die bald meine neue Freundin sein sollte, aufblickte und sagte – zu mir, weil außer uns keiner in dem Laden so schwachsinnig war, sich mit diesem Murks zu befassen –: »Wunderbar, finden Sie nicht auch?«

∞

Vor der Buchhandlung trennten sich unsere Wege, jedoch erst, nachdem wir unsere Telefonnummern ausgetauscht und beteuert hatten, den anderen anzurufen, sobald wir mit der Lektüre des ADHQMS* fertig waren, für den wir soeben – verblendet (sie) und verlogen (ich) – gutes Geld zum Fenster hinausgeworfen hatten.

Ihr Anruf kam am nächsten Tag.

»Einfach großartig, findest du nicht auch?«, fragte sie.

»Hm.«

»Ich habe geheult wie ein Schlosshund.«

»Ja, ich auch. Na ja, nicht geheult, aber ein paarmal habe ich schon feuchte Augen gekriegt.«

»Welche Stelle fandest du am besten?«

»Schwierig. Da gab es mehrere. Was war denn deine Lieblingsstelle?«

»Wo sie gestorben ist.«

»Das war deine Lieblingsstelle?«

»Und dann wieder gelebt hat.«

»Ach ja, das war schön. Ich mag's, wenn alles gut ausgeht.«

»Und dann doch noch gestorben ist!«

* **A**bsolut **D**ämlichster **H**aufen **Q**uatsch **M**it **So**ße

Natürlich hätte ich an meiner ursprünglichen Absicht, das fragliche Buch energisch und mit einem verächtlichen Schnauben zuzuklappen, festhalten sollen, doch als ich den Kopf hob, um zu sehen, wer diese absolut bescheuerte Bemerkung von sich gegeben hatte, geriet ich schlagartig in den Bann von etwas, das mich alles andere vergessen ließ, auch die süffisante Bemerkung, die mir schon auf der Zunge lag.

Ein Mangel an literarischem Scharfblick wurde mehr als wettgemacht durch die herrlichsten, faszinierendsten smaragdgrünen Nixenaugen, von denen ich je das Vergnügen gehabt hatte, verzaubert worden zu sein.

∞

Ehrlich gesagt, von den Augen abgesehen war sie weder besonders hübsch noch besonders interessant, aber mein Gott, diese Augen besaßen Zauberkraft! Wie sie strahlten! Leuchteten! Zwei bodenlose Teiche irisierender Lieblichkeit! Ich hatte nur noch den Wunsch, mich kopfüber hineinzustürzen. Dieser Verlockung muss ich erlegen sein, als ich nicht tat, was ich tun wollte, nämlich den absolut dämlichsten Haufen Quatsch mit Soße energisch und mit einem verächtlichen Schnauben zuklappen, und nicht sagte, was ich vorgehabt hatte zu sagen, sondern stattdessen:

»Die reinste Droge.«

∞

Das Schicksal sah für uns keine länger dauernde oder außergewöhnlich innige Beziehung vor, aber sie war interessant wegen einer gewissen Ähnlichkeit mit Trumans Augenbrauen-Problem.

Wohlgemerkt, diese Ähnlichkeit hatte nicht das Geringste mit Augenbrauen zu tun. Rochelle hatte welche, ganz klar, und soweit ich weiß, waren es ihre eigenen und für Augenbrauen recht nett. Ein recht nettes Mädchen war sie auch, doch genügte mir das natürlich nicht, um eine ernsthafte Bindung mit ihr einzugehen.

Die erwähnte Ähnlichkeit mit Trumans Augenbrauen-Dilemma bestand darin, dass ebenfalls etwas an ihr nicht echt war.

Und zwar ausgerechnet das, was mich daran gehindert hatte, den absolut dämlichsten Haufen Quatsch mit Soße energisch und mit einem verächtlichen Schnauben zuzuklappen.

Sie trug Kontaktlinsen.

∞

Weil ich so hingerissen war von ihren grünen Nixenaugen und gar nicht aufhören konnte, sie in geradezu poetischem Überschwang zu bewundern, wollte sie mich nicht enttäuschen. Sie verschwieg mir nicht nur, dass es Kontaktlinsen waren, sondern erst recht, dass sie auch je einen Satz in Dunkelbraun und Blau besaß. Nachdem wir das Stadium des Miteinander-ins-Bett-Gehens erreicht hatten, wartete sie, bis ich eingeschlafen war, bevor sie sie herausnahm, und stand auf, bevor ich aufwachte, um sie wieder einzusetzen, was alles in allem eine ziemliche Tortur gewesen sein muss.

Keine Ahnung, wie lange sie vorhatte, so weiterzumachen, aber wie man sich denken kann, war es nur eine Frage der Zeit, bis die Wahrheit ans Licht kam. Eines Tages war es dann so weit. Beim Überqueren der Straße wurde sie von einem Auto erfasst, das sie, vom Schlafmangel benommen, nicht kommen gesehen hatte. Sie erlitt keine lebensgefährlichen Verletzungen, aber beide Beine waren gebrochen, das eine gleich dreifach.

∞

Ich war nicht bei Rochelle, als der Unfall passierte, doch sobald mich die Nachricht erreichte, eilte ich zum Krankenhaus und fand sie arg zerschunden, die Beine genagelt, eingegipst und am Galgen hängend. Sie bot ein Bild des Jammers, schlief aber friedlich, wahrscheinlich von Medikamenten ins Schlummerland gewiegt. Pflichtschuldig harrte ich, in einer Illustrierten blätternd, eine Stunde lang an ihrem Bett aus, und weil eine Stunde lang in einem Krankenhaus zu sitzen und in einer Illustrierten zu blättern, am Bett eines Mädchens, mit dem mich nur eine bereits im Abkühlen begriffene Beziehung verband, ungefähr das Höchstmaß dessen darstellte, was ich ertragen konnte, wollte ich mich eben unauffällig entfernen, da fing sie an, sich zu regen. Ich legte die Illustrierte weg und wartete darauf, dass sie richtig zu sich kam, um sie dann mit einer der für solche Situationen vorgefertigten Floskeln zu begrüßen, z.B. »Wer ist denn da so leichtsinnig gewesen?« oder »Du solltest mal das Auto sehen!«, als sie die Augen aufschlug.

Ich wusste sofort, etwas stimmte nicht. Aber was? Warum fühlte ich mich nicht hingerissen?

Oder verzaubert?

Oder von dem Wunsch besessen, mich kopfüber in diese bodenlosen Teiche irisierender Lieblichkeit hineinzustürzen (na ja, das Stadium hatte ich ohnehin schon seit einiger Zeit überwunden)?

Und dann begriff ich endlich, was es war.

Die Augen waren nicht smaragdgrün.
Sie waren nicht einmal grün.
Sie waren braun.
Braun ohne alles.
Einfach nur braun.

∞

Aus Feingefühl verzichtete ich darauf, ihr gleich zu sagen: »Es ist aus!«, auch wenn es leichter gewesen wäre, weil sie von den Medikamenten noch ziemlich groggy war und ich hoffen konnte, ohne große Szene davonzukommen. Nein, ich zeigte mich rücksichtsvoll und wartete bis zum nächsten Tag.

»Mir ist nicht wichtig, was deine Augen für eine Farbe haben«, begann ich, »aber ich finde es schlimm, dass du gedacht hast, es käme mir nur darauf an. Ich kann nicht mit jemandem zusammen sein, der mich für so oberflächlich hält.«

13

Ich weiß nicht, ob viele Leute einen Blick zurückwerfen, ich jedenfalls gehöre zu denen, die es tun. Als ich das souflakigroße Würstchen in der Schüssel dümpeln sah, verfluchte ich diesen gemeinen Streich des Schicksals. Im selben Atemzug dankte ich dem Himmel dafür, dass ich so ein analer Typ war, denn man stelle sich vor, jemand anders, Cherry zum Beispiel, wäre etwas später hereingekommen, um sich das Näschen zu pudern, sanft durchbebt von Vorfreude auf den romantischen Ausklang dieses Abends, und meiner kleinen braunen Hinterlassenschaft ansichtig geworden. Nicht auszudenken! In einer Hinsicht kann man also von Rettung in letzter Minute sprechen, des ungeachtet stand ich nun da, in einem frühen, aber entscheidenden Stadium der Beziehung, das erste Mal zum Essen in die heimischen vier Wände geladen, und sah mich in der Pause zwischen Pflichtprogramm und Beginn des gemütlichen Teils der Notwendigkeit gegenüber, ein zweites Mal die Spülung zu betätigen.

Der rationale Benton Kirby in mir wusste natürlich, dass es absolut keinen Grund gab, sich zu genieren. Der rationale Benton Kirby, wenn er denn das Sagen hätte, würde auch nicht mit einer zum Platzen vollen Blase darauf warten, dass eine Kabine frei wird, obwohl eine große, benutzerfreundliche und kaum besetzte Pinkelrinne prompte Erleichterung verheißt, oder jedes Mal laut mit der Zeitung rascheln, wenn ein Päckchen die Grenze passiert, um ein eventuelles verräterisches Plumpsgeräusch zu kaschieren, sogar in der Abgeschiedenheit seines eigenen Badezimmers. Ebensowenig würde der rationale Benton Kirby sich bemüßigt fühlen, so schnell wie irgend menschenmöglich ein Snickers abzuseilen, um seine designierte koreanische Freundin im Wohnzimmer nebenan in dem Glauben zu wiegen, er habe nichts weiter vor, als ein Bächlein rauschen zu lassen. Doch bedauerlicherweise ist der rationale Benton Kirby eine Maus.

Unnötig zu sagen, dass sich die Vorspiegelung falscher Tatsachen nicht länger aufrechterhalten ließ. Wer muss ein zweites Mal abziehen für ein bisschen Lulu? Mir blieb nichts anderes übrig, als in den sauren Apfel zu beißen und ein zweites Mal zu spülen. Musste ich halt damit leben, dass sie sich über die Art meiner Geschäfte hier drin im Klaren war, und mehr noch, dass es sich um solche gewichtiger Natur handelte, deren Abtransport besonderen Nachdrucks bedurfte.

Also betätigte ich die Spülung.

Und wartete.

Und schaute.

∞

»Mist!«

Ein drittes Mal Spülen kam nicht in Frage, und allmählich drängte die Zeit. Ich konnte das Malheur in dem kleinen Schwingdeckeleimer neben der Toilette verschwinden lassen, doch bestand nach wie vor das Risiko – und sei es noch so gering – der Entdeckung. Wenn etwas hineinfiel, ein Lippenstift, eine Pinzette? Wenn er umkippte? Wenn der Müllbeutel platzte, auf dem Weg vom Badezimmer zum Ort der endgültigen Entsorgung, wo immer dieser sei? Alles nicht sehr wahrscheinlich, aber möglich, und allein der Gedanke dermaßen unerträglich, dass ich alternativ beschloss, *es* aus dem Badezimmerfenster zu werfen.

Unglücklicherweise scheiterte das Vorhaben daran, dass das Fenster sich kaum einen Fingerbreit öffnen ließ und damit nicht weit genug, um *es* hindurchzupraktizieren. Kostbare Sekunden waren verstrichen, und ich sah mich gezwungen, zum letzten und verzweifeltsten Mittel zu greifen. Mit Hilfe der Toilettenbürste angelte ich die fatale Fäkalie aus der Schüssel, wickelte sie in einen großen Batzen Klopapier und versenkte das anrüchige Päckchen behutsam in meiner Hosentasche.

Ins Wohnzimmer zurückgekehrt, schob ich die Dauer meines Aufenthalts auf einen plötzlichen Krampf im Bein. Sodann ließ ich mich über die physiologischen Charakteristika eines solchen aus, wie man ihn am besten bekämpft, stellte Vermutungen an, wie und warum ein derartiges Übel mich überhaupt befallen haben könnte, und ja, vielleicht, während ich darauf wartete, dass der Schmerz nachließ, hatte ich geistesabwesend ein zweites Mal die Spülung betätigt. Unmöglich konnte sie hinter meiner Miene naiver Aufrichtigkeit erahnen, was sich wirklich an jenem stillen Ort abgespielt hatte, auch wenn sie stattdessen langsam zu der Auffassung gelangen musste, ich sei ein Vollidiot.

Obgleich es schwerfiel, mit meiner eigenen Scheiße in der Tasche den unwiderstehlichen Verführer zu geben, lief ich doch peu à peu zu alter Form auf, und bald waren wir zugange wie zwei Teenager. Wir küssten uns wie Menschen, die das Küssen eben erst entdeckt haben – oder, in meinem Fall, wiederentdeckt. Nur mein angestrebtes Ziel, mich *vor* dem unvermeidlichen Augenblick der Zermatschung meines Beinkleids zu entledigen, blieb unerreicht, hingegen war ich auf anderem Gebiet erfolgreich: Es gelang mir, Cherrys

Büstenhalter aufzuhaken. Vielleicht nicht mit weltmännischem Aplomb, aber immerhin. Dummerweise hatte ich nicht weit genug vorausgedacht und das leidige Objekt in der falschen Hosentasche untergebracht, wenn ich links von Cherry saß, der rechten, was bedeutete: Früher oder später würde es zwischen uns geraten, sofern es mir nicht glückte, rechtzeitig aus der Hose zu kommen, und trotz vielversprechenden Anfangs sah es vorläufig nicht danach aus.

Es war eine äußerst unangenehme Situation.

Trotzdem, in der Hitze der Leidenschaft hatte ich vorübergehend das drohende Unheil vergessen; umso größer das Entsetzen, als ich wieder daran erinnert wurde: Ein erster schwacher, doch unverkennbarer Hautgout stieg mir in die Nase.

Unwillkürlich zuckte ich zurück und rückte von Cherry ab – wahrscheinlich das genaue Gegenteil von dem, was sie erwartete. Wir schauten uns an: sie mich verdutzt, ich sie verstört. Dann, weil mir beim besten Willen nichts Besseres einfiel, umklammerte ich mein Bein.

»Aaah«, ächzte ich und massierte in gespieltem Schmerz meinen Unterschenkel. »Krampf!«

»Schon wieder? Geht's denn?«, erkundigte sie sich teilnahmsvoll und richtete ihre Kleidung.

»Ist … gleich … vorbei«, stieß ich zwischen zusammengebissenen Zähnen hervor.

»Kann ich dir irgendwie helfen?«

»Nein, nein! Ja! Vielleicht ein Glas Wasser.« Ich lächelte matt.

Kaum dass sie das Zimmer verlassen hatte, sprang ich auf, zwängte die Füße in meine Schuhe (als ich sie vorhin abstreifte, in einem anderen Leben, so schien es, und am verheißungsvollen Beginn eines Abends der zärtlichen Annäherung, vielleicht gekrönt von Sex, hatte ich keine Zeit damit vergeudet, die Schnürsenkel aufzuziehen) und stand zum Aufbruch bereit, als sie zehn Sekunden später mit dem erbetenen Glas Wasser wiederkam.

»Danke«, sagte ich und stürzte es mit großen, lauten Schlucken hinunter, wie im Comic: *Gluck, gluck, gluck.*

»Willst du schon gehen?«

»Nun ja, es ist spät geworden.« Ich schaute auf die Uhr. Nicht ganz acht. Draußen war es noch hell. »Morgen ist Schule. Wir wollen doch nicht beide zu spät kommen. Die Leute würden anfangen zu reden, hahaha!« Sinnlos faselnd näherte ich mich der Tür und allem, was sie bedeutete: Rettung, Freiheit, das Ende der Blamage dieses Abends, das Ende dieser Beziehung, auch das Ende meiner Tätigkeit an der Schule, denn dort konnte ich mich nie wieder blicken lassen oder erst, wenn Cherry und ihr gesamter Jahrgang nicht nur die Schule verlassen hatten, sondern vorzugsweise das Land. Nach der Klinke fummelnd, riss ich die Tür auf, rief: »Vielen Dank für das Essen. Es war köstlich. Tschau!«, und suchte mein Heil in würdeloser Flucht.

∞

Glücklich entkommen, stellte ich fest, dass ich den kleinen Partystinker in dieselbe Tasche gesteckt hatte wie meinen Schlüssel.

Großartig.

14

Wenigstens gelang es mir, Cassie die Tüte glatt und sauber über den Kopf zu ziehen. Sie schrie wie am Spieß. Hätte ich vorher Zeit gehabt zu überlegen, hätte ich damit gerechnet, hingegen auch dann nicht mit ihrer wilden, unkontrollierten Gegenwehr. Bevor ich dazu kam, das gelbe Plastikband strammzuziehen, hatte sie sich heftig von mir losgerissen und torkelte mit Schwung in die verspiegelte Tür des Einbaukleiderschranks. Es regnete Scherben. Vom Schrank aus kreiselte sie gegen den Frisiertisch und räumte ihn ab, bevor sie von dort abprallend auf dem Bett landete, nach einem Purzelbaum auf der anderen Seite herunterfiel und ihr Kopf mit einem dumpfen, Gänsehaut erzeugenden Knacken gegen die Wand schlug, worauf sie, Gott sei Dank, die Besinnung verlor.

∞

Wenn ich sage, Gott sei Dank verlor sie die Besinnung, dann meine ich, Gott sei Dank war sie nur k.o. und nicht tot, wie im ersten Schreck befürchtet.

»Heiliger Strohsack!«, entfuhr es Cherry, und dann, verständlicherweise, sagte sie es noch einmal: »Heiliger Strohsack!«

Sie schaute mich an. Ich schaute sie an. Wir beide richteten den Blick auf die arme Cassie, wie sie dalag, eingeklemmt zwischen Bett und Wand, den Kopf in einer schwarzen Plastikmülltüte, die Beine in der Luft.

Im nächsten Augenblick war ich über das Bett gesprungen und kniete neben ihr. Als ich sie von der Plastiktüte befreite, rechnete ich fest damit, dass ihr Hinterkopf eine blutige, breiige, eingedrückte Masse war. Doch keine Rede davon. Sie stieß sogar ein schwaches Stöhnen aus, worauf mich eine Woge der Erleichterung durchflutete, nur eine Winzigkeit später verdrängt von einer Woge der Angst, sie könnte die Augen aufschlagen, das unvermutete, doch kompromittierende Szenario erfassen, den zugegeben fantastischen Gedankensprung machen und zu der sich aufdrängenden Erkenntnis dessen gelangen, was sich hier abgespielt haben musste.

Nolens volens, in vollem Bewusstsein der Tatsache, dass das, was ich tun wollte, unter keinen wie auch immer gearteten Umständen moralisch zu rechtfertigen war, tat ich es dennoch und zog ihr die Tüte wieder über den Kopf und bis über die Schultern hinunter. Dann bohrte ich ungefähr dort, wo ihr Mund war, ein Loch, damit sie atmen konnte, und hob und schob und rollte sie aufs Bett.

Sie war mehr oder weniger ohnmächtig, aber man konnte jeden Moment damit rechnen, dass sie wieder zu sich kam, deshalb blieb mir nicht viel Zeit für die durch besondere Umstände zulässigen besonderen Maßnahmen.

»Pass auf sie auf«, sagte ich im Flüsterton zu Cherry, die vor Bestürzung über mein Tun ihre zuvor an den Tag gelegte Schamhaftigkeit vergessen hatte und wie versteinert dastand, ebenso nackt wie sprachlos.

Ich stürmte in die Küche und dachte: »Strick!«, dann: »Seil!«, dann, triumphierend: »Klebeband!« Unangenehm erinnert an die Folterszene aus *Reservoir Dogs*, durchwühlte ich die Schubladen auf der Suche nach Gaffer Tape oder einem Stück Isolierband, doch alles, was ich fand, war übriggebliebener Tesafilm von Weihnachten, mit kleinen Nikoläusen bedruckt. Ins Schlafzimmer zurückgekehrt, wickelte ich ihn in aller Hast um Cassies Hand- und Fußgelenke, während Cherry ihre Unterwäsche zusammensuchte.

»Ich kann meinen Slip nicht finden«, sagte sie, auf allen vieren durchs Zimmer kriechend.

»Wer ist da?«, fragte Cassie plötzlich, und wir erstarrten beide. Sie versuchte, sich zu bewegen, merkte, dass es nicht ging, und statt zu strampeln und zu zappeln, lag sie vollkommen still. »Ist jemand hier?«

Ich gab Cherry mit einer übertrieben deutlichen Kopfbewegung zu verstehen: *Bloß weg hier.* Sie klaubte mit größter Behutsamkeit die sicht- und erreichbaren Teile ihrer Garderobe auf, drückte sie an sich und huschte zur Tür. Auch ich fahndete, kaum dass ich zu atmen wagte, nach meinen verstreuten Kleidungsstücken, Jeans, Unterhose und T-Shirt, schlich auf Zehenspitzen durchs Zimmer, um sie hier, da und dort einzusammeln, und trat den Rückzug an, bewundernswert heimlich, still und leise für jemanden, dem das Herz bis zum Halse schlug. Und dann, auf der Türschwelle, ergoss sich aus einer Hosentasche ein Sturzbach aus Kleingeld und Schlüsseln scheppernd über den ganzen Boden.

Cassies bisherige Selbstbeherrschung wurde von einem Ausbruch hemmungsloser Panik hinweggefegt. Sie warf sich hin und her, tobend wie ein gefangenes wildes Tier, das instinktiv die Gefahr ahnt, ohne zu wissen, wie diese beschaffen ist, woher sie droht oder warum. »HIIIIILFE! HIIIIILFE! HIIIIILFE!«, schrie sie, schleuderte den von der Mülltüte umhüllten Kopf von einer Seite zur anderen, bäumte sich auf und stieß die mit Nikolausklebeband umwickelten Beine in die Luft.

Cherry hatte es geschafft, sich anzuziehen, und stand in der Mitte des Wohnzimmers, bereit zur Flucht, aber noch wie angewurzelt, ob vor Grauen oder aus Loyalität, wer weiß. Was mich anging, ich hatte die Wahl zwischen zwei Möglichkeiten. Ich konnte Cassie den Mund zuhalten, ihr einen Knebel verpassen, mich anziehen und wie geplant die Wohnung verlassen (falls von einem Plan die Rede sein konnte), um gleich darauf wieder auf der Bildfläche zu erscheinen und gespielt schockiert festzustellen, dass ich den verbrecherischen Unhold um Haaresbreite verpasst hatte. Oder ich ließ sie schreien, machte, dass ich davonkam, und war umso schneller wieder zur Stelle, um sie zu erlösen.

Die Entscheidung fiel zugunsten der zweiten Alternative, weil ich Cassie, wie ich gern glauben möchte, die zusätzlichen Demütigungen ersparen wollte; in Wirklichkeit schlotterten mir die Knie, und ich hatte nicht den Nerv, noch einmal in das Zimmer zurückzugehen. Also warf ich mir die Kleider über, schob Cherry aus der Wohnungstür und betete, dass niemand die Hilfeschreie hörte und heldenhaft zur Rettung herbeieilte, bevor ich Gelegenheit hatte, so zu tun als ob.

»Ich melde mich«, sagte ich draußen im Flur geistesabwesend zu Cherry.

»Denk an meinen Slip«, antwortete sie und entfernte sich wie schlafwandelnd, zwar ohne Slip, aber anderweitig noch intakt.

Erst als sie weg war, merkte ich, dass mein Wohnungsschlüssel auf dem Boden des Schlafzimmers lag, zusammen mit dem Kleingeld aus meiner Hosentasche. Ich stand auf der falschen Seite der Tür, die ich gedankenlos hinter mir zugezogen hatte, während sich drinnen in der Wohnung meine gefesselte, halb in einer Mülltüte steckende Freundin die Seele aus dem Leib schrie.

∞

Wie Cher so schön singt: *Wenn ich nur die Zeit zurückdrehen könnte …*

15

Georgia sah gut aus, in Anbetracht der Umstände. Nein, nicht, als sie aus dem Schnee zum Vorschein kam, blau, steif wie ein Brett, mit einem komischen Knick im Hals, sondern später, bei der Trauerfeier. Wir – genauer gesagt, ihre Eltern – fanden, ein offener Sarg wäre schön, und erstaunlicherweise behielten sie recht. Natürlich hatte sie zu Lebzeiten oft besser ausgesehen, an manchen Tagen aber auch um einiges schlechter. Nur ihre Mutter war nicht zufrieden.

»Sie hätten dafür sorgen müssen, dass sie lächelt, findet ihr nicht?«, flüsterte sie. »Sie hat so ein wunderschönes, strahlendes Lächeln.«

»Hatte«, korrigierte ihre bessere Hälfte griesgrämig.

»Hatte«, stimmte ihre Mutter ihm bei. »Und ich weiß auch nicht recht wegen dieser Farbe. Nicht ideal. Passt nicht so hundertprozentig zu ihrem Teint, oder? Trotzdem – sie sieht bezaubernd aus. Gotte segne sie.«

Und ihr Vater ergänzte, in demselben brummigen Tonfall: »Wenn man bedenkt, dass sie sie ausgeweidet haben wie einen Fisch, die Leichenschänder.«

∞

Das hatte man getan. Sie ausgeweidet wie einen Fisch. Es war ihr Wunsch gewesen, und ich finde es tröstlich – tröstlich, aber auch etwas gespenstisch – zu wissen, dass Teile von ihr noch unter uns weilen und das Leben von irgendjemandem gerettet haben.

»Ich habe mich entschlossen, meine Organe zu spenden«, hatte sie eines Tages aus heiterem Himmel verkündet.

»Bist du übergeschnappt?«, fragte ich sie. »Hast du eine Ahnung, was wir auf dem Schwarzmarkt dafür kriegen könnten?«

»Es ist mir ernst damit«, sagte sie, und wahrhaftig: Nach ihrem Tod sollten ihre sämtlichen Organe, nicht nur die Sahnestückchen, Menschen zugutekommen, die darauf angewiesen waren. »Wozu soll ich sie behalten? Wo ich hingehe, brauche ich sie nicht. Ich will, dass sie hier noch etwas Gutes bewirken.«

»Du hast wirklich die Absicht, unter die Organspender zu gehen?«

»Ich halte das für unsere moralische Pflicht und Schuldigkeit.«

Ich war ganz ihrer Meinung, bin es noch. Seine Organe mit ins Grab zu nehmen ist das Gleiche, als würde man sich mit den Taschen voller Geld zur letzten Ruhe betten lassen oder mit dem Gewinnlos einer Lotterie oder bis dato unentdeckten LPs von den Beatles. Angesichts der großen Nachfrage nach Geld, Gewinnlosen und Beatles-LPs (und Organen) wäre es ignorant, sie nicht hergeben zu wollen und lieber unnütz verfaulen zu lassen.

»Aber«, gab ich dennoch zu bedenken, »hast du mal darüber nachgedacht, dass man dich irrtümlich für tot erklären könnte? Und ehe du Gelegenheit hast, in der Leichenhalle aufzuwachen und einem arglosen Bestatter-Azubi einen solchen Schrecken einzujagen, dass er auf der Stelle tot umfällt, bist du schon aufgeschlitzt und dein Herz steckt *schwupp!* in der Brust des erstbesten obszön reichen Geschäftsmanns oder abgewrackten Rockopas, der mit hunderttausend Pfund und einer verkalkten Pumpe des Weges kommt. Hast du mal darüber nachgedacht?«

Vernünftig wie Georgia war, hatte sie an solchen Unsinn keinen Gedanken verschwendet. Stattdessen nannte sie mich einen Schwachkopf, gab mir einen Kuss und machte weiter wie gehabt, als hätte sie die Absicht, ewig zu leben.

∞

Ich ging zu Georgias Eltern, um den Ablauf der Beisetzungsfeierlichkeiten zu besprechen. Liebend gern hätte ich es ihnen überlassen, diese Dinge ganz nach ihren eigenen Vorstellungen zu regeln, aber sie legten Wert darauf, mich einzubeziehen. In Anbetracht der Tatsache, dass, wenn Georgia sich eine Woche später das Genick gebrochen hätte, sie zu mir gekommen wären, als Georgias Ehemann, musste ich wenigstens pro forma meine Hilfe anbieten. Nicht, dass ich in der Lage gewesen wäre, einen konstruktiven Beitrag zu leisten. Georgia und ich hatten gerade erst unsere Hochzeitsplanung bewältigt, und meine kreativen Reserven waren fürs Erste erschöpft.

»Ein offener Sarg wäre schön, was meint ihr?«, fragte ihre Mutter und fügte hinzu: »Nimm dir noch ein Obsttörtchen, Schatz.«

»Ich mag die Rosinenschnittchen lieber«, äußerte Georgias Vater gewohnt mürrisch.

»Deshalb habe ich ja die Auswahlpackung gekauft, Schatz. Zwei Obst- und zwei Kirschtörtchen und zwei Rosinenschnittchen.«

»Wo ist dann das zweite Rosinenschnittchen abgeblieben?«, wollte er wissen.

Wohl oder übel musste ich mich schuldig bekennen. »Ich fürchte, das habe ich gegessen. Tut mir leid.«

»Schon gut, Junge. Ich werde mir ein Kirschtörtchen nehmen. Die sind auch nicht übel.«

»Wenn ihr mich fragt«, brachte ich das Gespräch wieder auf das eigentliche Thema, »ich glaube nicht, dass es eine gute Idee wäre, sie im offenen Sarg aufzubahren.«

»Liebe Güte, warum denn nicht? Ich meine, alle würden sich freuen, sie noch einmal sehen und Abschied nehmen zu können.«

»Dann wissen Sie nichts von dem Organspendeausweis?«, erkundigte ich mich.

»Dem bitte was?«, fragte ihre Mutter.

»Sie hatte einen Organspendeausweis. Sie hat alles gespendet. Herz, Leber, Nieren …«

Zugegeben, ich hätte es ihnen schonender beibringen sollen. Bei der Erwähnung von Nieren (wie sich später herausstellte, hatte er geschmorte Nierchen zum Frühstück gehabt) verschluckte sich ihr Vater und versprühte einen Mund voll Kuchenkrümel über den Teppich. Sofort schlug seine Frau ihm kräftig auf den Rücken.

»Husten, Schatz! Du musst es aushusten!«, sagte sie zu ihm und zu mir: »Bist du so gut und schenkst ihm eine Tasse Tee ein?«

»Mit Milch?«

»Nur einen Tropfen.«

»Zucker?«

»Zwei Löffel«, antwortete sie, weiter seinen Rücken bearbeitend.

»Und einen halben«, krächzte ihr Göttergatte.

Ich gab Zucker in den Tee, rührte schnell um und reichte Tasse und Untertasse Georgias Mutter, die ihrem Mann einen Schluck einflößte. Prompt musste er wieder husten, und diesmal bekam ich den ganzen Segen ab.

∞

Ray hatte mich bei Georgias Eltern abgesetzt und wartete vor dem Haus in seinem Taxi auf mich. Ich plumpste auf den Rücksitz und sank in mich zusammen, ausgelaugt von der Nervenprobe.

Er schaute sich zu mir um und fragte: »Alles in Ordnung?«

»Sie hatten keine Ahnung, dass ihre Tochter Organspenderin war«, antwortete ich. »Mr. C. wäre beinahe an einem Kirschtörtchen erstickt, als ich es ihnen gesagt habe.«

»Was ist mit deinem Hemd passiert?«

»Wie? Ach, Mr. C. hat mich mit Tee bespuckt.«

»Warum denn das?«

»Nicht mit Absicht«, erklärte ich. »Er hatte sich verschluckt.«

»War in dem Zusammenhang nicht eben von einem Kirschtörtchen die Rede?«

»Ja. Mrs. C. wollte, dass er es mit einem Schluck Tee hinunterspült.«

»Dumme Idee. Tee ist zu heiß. Man kann ihn nicht schnell genug trinken, um die Blockade zu beseitigen«, erläuterte Raymond.

»Mag sein, dass Tee zu heiß ist, aber was anderes war nicht da.«

»Keine Milch?«

»Doch …«

»Und?«

»Ich habe sie in den Tee getan.«

»Ein Mann droht zu ersticken, und du nimmst dir die Zeit, ihm Milch in den Tee zu gießen?«

»Also ohne wäre er nun wirklich zu heiß gewesen, oder?«

∞

Als Georgias Mutter ihren Fotoapparat zückte, glaubte ich, sie wolle ein Foto von den Trauergästen machen, an sich schon ziemlich ungewöhnlich, aber wie sich herausstellte, war sie erpicht auf ein Foto von Georgia und mir.

»Hm«, machte ich.

»Stell dich ein bisschen dichter zu ihr«, forderte sie mich auf.

Ich schob mich ein paar Zentimeter näher an den Sarg heran. Das Wort »Unbehagen« beschreibt nur höchst unzureichend, was ich bei der Vorstellung empfand, mit einer Leiche zusammen fotografiert zu werden, auch wenn es sich bei der nämlichen um die Frau handelte, die mir in Kürze angetraut worden wäre, hätte Gott nicht das große Amen gesprochen.

»Meinst du nicht, dass das etwas pietätlos ist?«, wandte ich zaghaft ein.

»Wieso denn das?«, hielt ihre Mutter dagegen. »Immerhin wart ihr verlobt. Jetzt beug dich etwas hinunter.« Sie schaute durch den Sucher ihrer Instamatic. »Ja, bleib so. Wunderbar.« Sie reckte den Kopf hinter dem Apparat hervor. »Ihr könnt ihr wohl nicht ein Lächeln aufs Gesicht zaubern? Sie hat doch so wunderschöne Zähne.«

»Und was meinst du, wie wir das anstellen sollen?«, blaffte Mr. C. »Ihr einen Witz erzählen?«

»Na ja, es wird trotzdem ein schönes Foto. Sie sieht so ruhig und friedlich aus.«

»Natürlich sieht sie ruhig und friedlich aus«, wollte ich sie anbrüllen. »Sie ist tot! Abgekratzt! Hinüber! Und Fotos von Toten zu machen ist, höflich ausgedrückt, krank, pervers, total bescheuert. Auf so eine Idee kannst nur du kommen, weil du selbst total bescheuert bist. Ich habe immer gewusst, dass du nicht alle an der Waffel hast, du dämliche Kuh, und das hier ist der endgültige Beweis, auch wenn ich den gar nicht gebraucht hätte. Du bist übergeschnappt, plemplem, komplett von der Rolle!«

»Sag ›Cheese‹!«, befahl sie.

»Cheese.«

∞

Georgias Mutter hatte ihrer Tochter einst diesen Rat mit auf den Lebensweg gegeben: »Niemals und unter gar keinen Umständen darfst du die Hoden eines Jungen anfassen. Denn hast du das erst einmal getan, gibt es kein Zurück mehr.«

16

Truman und Bunty lernten sich in Spanien kennen, an der Costa Brava. Schauplatz war eine kleine, bei Backpackern beliebte Taverne, und Truman hatte die Spezialität des Hauses bestellt, die – *olé* – Spanische Platte. Was aus der Küche kam, war ein Teller voll mit gebackenen Bohnen und mitten hineingepflanzt ein Paar imposanter Stierhoden.

Jung und angeschickert im sonnigen Spanien und konfrontiert mit einem Teller Bohnen, gekrönt von riesigen Bulleneiern, hielten sämtliche Anwesenden, das Personal eingeschlossen, diese Spanische Platte für den größten Brüller, den sie je gesehen hatten, doch Truman, von jeher etwas zimperlich in Bezug auf Dinge wie zum Bespiel den Verzehr von Zeugungsorganen, mochte sich letztlich nicht damit anfreunden und bestellte etwas anderes.

»Ich esse alles«, erklärte er, »solange es von oberhalb der Gürtellinie stammt.«

Bunty aber, vom Schicksal in dasselbe Lokal geführt und offenbar bereit, alles zu probieren, was das Leben zu bieten hatte, inklusive Stierhoden, meldete sich vom Nachbartisch. »Ich hätte gern einen davon«, sagte sie und zeigte auf Trumans Teller. »Oder gibt es sie nur paarweise?«

»Ich gebe dir beide«, bot Truman ihr zuvorkommend an. »Ich hab sie noch nicht angerührt.«

Nachdem man sich bekanntgemacht hatte, stellte man rasch die Tische zusammen, und als Bunty sich gerade über Trumans Hoden hermachen wollte, sozusagen, zauste Trus

Freund und Reisebegleiter Cliff Morley, der sich demnächst ebenfalls verlieben sollte, mit tragischen Konsequenzen, seinem besten Freund durchs Haar und verkündete: »Wenn du glaubst, die sind groß, solltest du dir mal seine auftischen lassen!«

∞

Tatsache. Trumans Hoden waren ungewöhnlich groß. Nicht monströs oder so riesig, dass er darüber gestolpert wäre, aber deutlich größer als der Durchschnitt. Nicht zu vergessen: Er hatte auch einen wirklich langen dritten Arm. Wenn ich von meinem schon nicht glauben konnte, dass er passen würde, als ich zum ersten Mal sah, wo er hineinpassen sollte, weiß ich nicht, was Tru gedacht haben muss. Wildfremde Menschen gaben in öffentlichen Bedürfnisanstalten ihren Kommentar dazu ab und sagten zum Beispiel: »Was machst du sonst damit? Stabhochsprung?« oder »Damit hättest du von der Tür aus getroffen, Sohn.«

Bei seinem ersten Versuch, zur Sache zu kommen, musste er das halbe Kamasutra nachturnen, um die gewünschte Vereinigung zustande zu bringen. Unnötig zu betonen, dass die Kunde sich wie ein Lauffeuer verbreitete und die Mädchen Schlange standen. Für sie war Tru ihr privater Mount Everest, der höchste Gipfel weit und breit, den sie einfach besteigen mussten.

Es war nur eine Frage der Zeit, bis unsere Englischlehrerin Miss Crump, bekanntermaßen Erotomanin, Wind davon bekam, dass Truman in der Hosenabteilung besonders gut ausgestattet war, und ihn beauftragte, ihr nach dem Unterricht beim Ausklopfen der Tafellappen zu helfen.

Nach zahlreichen unabhängigen Berichten zu urteilen, würden sie so gründlich ausgeklopft werden wie nie. Diese zahlreichen unabhängigen Berichte hatten ihren Ursprung darin, dass es sich bei der pikanten Affäre um ein hinter dem Rücken der beiden Protagonisten ausgehecktes Komplott handelte. Ein halblautes »Mein Gott, er ist riesig!« hier und ein atemloses »So etwas habe ich noch nie gesehen!« dort, alles geäußert in Hörweite von Miss Crump, und die hinterhältigen Verschwörer konnten sicher sein, dass deren amouröse Neigungen den Rest besorgten. Kaum war die Aufforderung zum Ausklopfen der Tafellappen an Truman ergangen, wusste die ganze Schule Bescheid.

Als Truman und Miss Crump mit weichen Knien aus der Besenkammer gewankt kamen, drängten sich im Klassenzimmer, im Türrahmen und im Flur draußen boshaft grinsende Schüler, die wie auf Kommando in Beifallsgeschrei ausbrachen und sie mit den größten Standing Ovations ehrten, die die Schule je gesehen hatte.

∞

Trumans Freund Cliff Morley verliebte sich während der Europa-Rundreise in dem ramponierten Kombi in eine Kanadierin, mit den bereits angedeuteten tragischen Konsequenzen. Diese bestanden darin, dass er wenig später getötet und halb aufgefressen wurde, beides von einem sehr großen Bären.

Selbstredend traf ihn dieses Schicksal nicht, während er mit Truman in dem ramponierten Kombi durch Europa juckelte, sondern einige Zeit nachdem Letzterer am Ufer der Donau den Geist aufgegeben hatte. Sie überließen ihn dort Rost und Ruin, nachdem sie die Nummernschilder abgeschraubt und in den viel besungenen blauen, aber zu der Zeit schlammbraunen Fluten versenkt hatten.

Während Truman mit dem Zug die Heimreise antrat, um seiner geduldig wartenden Freundin die Mitteilung zu machen, er habe sich in eine Amerikanerin verliebt, bestieg Cliff das nächste Flugzeug nach Kanada, wo seine nagelneue kanadische Herzallerliebste und ein großer hungriger Bär auf ihn warteten.

∞

Truman konnte nicht an der Beerdigung seines einiger Körpermasse verlustig gegangenen Freundes teilnehmen, weil er bekanntermaßen im Streckverband im Krankenhaus lag, dafür hatte er Muße darüber nachzusinnen, dass es oft im Leben erstens anders kommt und zweitens als man denkt.

»Manchmal läuft alles wie geschmiert«, philosophierte er, »und ein andermal wird man von wilden Tieren gefressen.«

»Oder«, fügte ich hinzu, »man rammt einen Bus.«

Als Sam, seine mittlerweile Exfreundin, hörte, dass Cliff Morley von einem Bären gefressen worden war, sagte sie zu Truman: »Dein Glück, dass du dich nicht in eine Kanadierin verliebt hast.«

17

Als Cassie und ich gegen Morgen vom Club nach Hause kamen, surrten wir beide noch wie Windrädchen im Durchzug. Wir waren aufgedreht und allerbester Stimmung, aber jeder auf seine Art. Ich legte Tangerine Dream auf den Plattenteller, ohne sagen zu können, weshalb ich überhaupt Platten von Tangerine Dream besitze, und machte mich auf dem Sofa lang, um diesem doppelten Widerspruch auf den Grund zu gehen, eingelullt vom Pling-Plang-Plong ihres Saitengezupfes. Im Gegensatz dazu war Cassie, um es gemäßigt auszudrücken, so heiß, dass sie glaubte, ihre unteren Regionen würden gleich Feuer fangen, und fragte bei mir an, ob ich möglicherweise interessiert sei, die Flammen anzufachen.

Zu meiner Schande war ich es nicht.

Seit längerem schon war Sex etwas, wovor ich mich drückte, statt aktiv dazu aufzufordern. Ich beobachtete mit Sorge, dass ich anscheinend den Spaß daran verlor, so wie andere Leute irgendwann keinen Spaß mehr an Dick und Doof haben oder an Brausepulver. Damals in den Achtzigern, auf dem Höhepunkt dieser sinnenfrohen, rauschhaften, neo-romantischen Tage, erregte Boy George, wie ich mich erinnere, weltweites hämisches Gelächter, als er sagte, was Sex anginge, so gäbe er einer schönen Tasse Tee den Vorzug. Möglicherweise log er, dass sich seine Haarverlängerungen kräuselten, und tummelte sich bei allen möglichen rastazopfigen, mit Koks beschneiten Orgien, aber in meiner momentanen Phase war ich geneigt, ihm Glauben zu schenken und recht zu geben.

Erschwerend kam hinzu, dass ich eine Zeit lang beim Liebemachen – oder wenn ich mir vorstellte, Liebe zu machen – von merkwürdigen und beunruhigenden Halluzinationen heimgesucht wurde. Ohne mir erklären zu können, wieso, sah ich plötzlich Liza Minnelli vor mir und nicht etwa eine junge Liza Minnelli, die Liza Minnelli aus *Cabaret*, womit ich mich hätte anfreunden können, sondern Liza Minnelli heute.

(Cassie hat, nebenbei bemerkt, nicht die geringste Ähnlichkeit mit Liza Minnelli, weder jung noch alt. Die Halluzinationen waren und sind unerklärlich. Ihr Ursprung bleibt rätselhaft.)

Cassie, an diesem Abend nicht bereit, auf fleischliche Wonnen zu verzichten, verschwand im Schlafzimmer, und das Nächste, was ich von ihr hörte, war lustvolles Stöhnen, welches schnell eine peinliche Lautstärke erreichte. Ich sah mich gezwungen, Tangerine Dream lauter zu stellen. Was immer sie da drin tat, sie dachte dabei nicht an Liza Minnelli, und als sie endlich kam, muss der Respekt unserer Nachbarn meine sexuellen Fähigkeiten betreffend in ungeahnte Höhen geschnellt sein.

Und sie war noch nicht fertig, sondern kam noch zwei, drei Mal, vier, fünf und wieder und wieder, und *hoppla!* meine Phantasie stellte die naheliegende Verknüpfung her, und da war sie, vor meinem inneren Auge: Liza Minnelli bei der Liebe an und für sich.

∞

Ob dieser Vorfall letztendlich mit meinen späteren – wie soll ich es formulieren? – Abstechern zu den Kirschen in Nachbars Garten in Zusammenhang steht, kann ich nicht sagen, allerdings entwickelte ich einige Zeit danach die Gewohnheit, rein als Vorbeugung gegen Gehirnzellenschwund, Leerlaufphasen im Unterricht damit zu beleben, dass ich mir die weiblichen Schüler der Reihe nach (na ja, die hübschen zumindest) dabei vorstellte, wie sie sich auf meinem Bett räkelten und lustvoll ihre Anatomie erkundeten. Auch trübten keine Visionen von Liza Minnelli als Wermutstropfen mein Vergnügen, obwohl eins der Mädchen, Conchita aus Venezuela, in der Ekstase zu singen begann.

Zufälligerweise, oder auch nicht ganz so zufällig, besuchte auch Cherry, erst seit kurzem im Lande, einen meiner Kurse und wurde deshalb Objekt meiner immer hitziger werdenden, aber dennoch wissenschaftlichen Tagträumereien.

Wären Punkte vergeben worden, hätte sie haushoch gewonnen.

∞

Ich erinnere mich genau an den Moment, als die Fantasien von Cherry mit sich allein im Bett nahtlos übergingen in Phantasien von Cherry und mir. Eben hatte ich sie zu einem explosiven Höhepunkt gesteuert, da beschloss ich der Kontinuität halber die letzten paar Schülerinnen zu überspringen und meine Person in die Handlung einzuführen.

In die heimischen vier Wände zurückgekehrt, nach einem dieser typischen, zermürbenden Schultage, an denen man versucht, Präpositionen in dumpfe Gehirne zu pauken, und ausprobiert, wie oft man das Wort »Ananas« in einer Stunde unterbringen kann, bevor es jemandem auffällt, entledigte ich mich auf dem Weg zur Dusche meiner Kleidung und trat barfuß bis zum Hals ins Schlafzimmer. Und dort – Überraschung! –, immer noch ein wenig erhitzt und außer Atem von ihren jüngsten Anstrengungen, lag Cherry splitterfasernackt auf meinem Bett, wo ich sie eben erst verlassen hatte.

»Herr Lehrer!«, rief sie bei meinem Anblick aus. »Sie sind ja nackt!«

»Da sind wir schon zu zweit«, erwiderte ich weltgewandt, bevor ich zu wissen begehrte, was sie denn in meinem Bett wolle.

»Wissen Sie's nicht mehr? Sie haben gesagt, ich soll herkommen, dann helfen Sie mir bei meinen Artikeln.«

»Ach ja?« Ich staunte über meine berufliche Hingabe. »Gut, aber das erklärt nicht, weshalb du nichts anhast.«

»Oh«, sagte sie unschuldig. »Beim Warten ist mir heiß geworden.«

Ich gebe zu, der Dialog ließ zu wünschen übrig, aber der Sex war großartig.

18

Cherrys Lippen, makellos und sinnlich zu jeder Zeit und jetzt fruchtigsüßglänzend von ihrem Eis am Stiel, bettelten regelrecht darum, geküsst zu werden.

Auch wenn es den Anschein hat, wir befanden uns nicht mehr in meiner kleinen Fantasiewelt, sondern auf einem Schulausflug nach Brighton. Nachdem es uns gelungen war, den Rest der Klasse abzuschütteln, saßen wir auf dem kiesigen Strand und lutschten Eis. Ich will nicht behaupten, dass ich es so geplant hatte, aber der Moment war fraglos perfekt. Um ehrlich zu sein, ich hatte gar nichts geplant. Ich bin nicht einmal sicher, ob ich Hintergedanken hegte. Doch gleichzeitig wusste ich, etwas – irgendetwas – würde geschehen.

Wir beide wussten es.

Ich neigte mich zu ihr hin. Ich versuchte, ihr in die Augen zu schauen, aber ihre Lippen wirkten hypnotisierend. Sie schienen mein gesamtes Blickfeld auszufüllen, vergleichbar einem Salvador-Dalí-Sofa in einem sehr kleinen Wohnzimmer. Bestimmt war es nicht so, aber ich hätte schwören können, dass sie sogar noch mit der Zunge darüberleckte: ein Ausrufungszeichen hinter der Botschaft, die ich bereits überdeutlich empfing:

Küss mich! Küss mich!

Mein Gesicht näherte sich dem ihren. Im letzten Moment riss ich den Blick von ihren Lippen los und hob ihn zu ihren Augen, die weit geöffnet waren.

Dann küsste ich sie.

Ihre Reaktion fiel anders aus, als ich erwartet hatte. Sie reagierte wie jemand, der nicht nur nicht damit gerechnet hatte, geküsst zu werden, sondern dem allein die Möglichkeit, dass so etwas geschehen könnte, nie in den Sinn gekommen wäre.

Sie war, kurz gesagt, völlig baff.

»Was haben Sie getan?«, fragte sie, ziemlich unnötig, wie ich fand.

»Ich habe dich geküsst«, antwortete ich.

»Warum?«

Eine ausgezeichnete Frage. »Ich dachte, du wolltest, dass ich es tue.«

»Nein, wollte ich nicht.«

»Entschuldigung. Ein Irrtum von mir.«

Dabei hätten wir es belassen können. Ein peinlicher Ausrutscher, kommt nie wieder vor, und gut. Wäre da nicht dieser seltsame Blick in ihren Augen gewesen. Als wären sie ihr, sowohl buchstäblich wie metaphorisch, geöffnet worden. Ich konnte durch sie hindurchsehen, wie ihr Verstand mit den fundamentalen, geradezu seismischen Umwälzungen der vergangenen Minute rang und zu der unglaublichen Feststellung gelangte, dass es ihr tatsächlich gefallen hatte, geküsst zu werden, dass sie es möglicherweise unbewusst sogar herausgefordert hatte und einer Wiederholung nicht abgeneigt war.

Ich nutzte die Chance, die sich mir bot, und küsste sie noch einmal.

19

Auch Cherry war schon einmal verlobt gewesen, allerdings lebte ihr Verflossener noch. Er war ihr erster Freund gewesen und der einzige, abgesehen von mir. Sie gingen miteinander, seit sie Teenager waren. Als Cherry fünfundzwanzig war, beschloss sie von einem Tag auf den anderen, dass sie genug hatte, nicht nur von ihm, sondern von allem, und dass es das Beste wäre, noch einmal ganz von vorn anzufangen. Gedacht, getan.

Sie ergriff die Flucht.

Sie floh vor ihm und ihrer Familie, aus ihrem Land und ihrem alten Leben. Der Zeitpunkt, den sie wählte, war der denkbar dramatischste, aber auch der einzig richtige: der Vorabend ihrer Hochzeit. Ich sage, der einzig richtige, denn er garantierte, dass man keine Zeit haben würde, sie aufzuspüren und zur Rückkehr zu bewegen. Besonders deshalb nicht, weil diese Heirat keine gewöhnliche gewesen wäre, sondern *das* gesellschaftliche Ereignis des Jahres. Ihr Ex-Verlobter war steinreich. Seine Familie schwamm in Geld. Auch Cherrys Familie zählte nicht zu den Armen im Lande, aber die Familie ihres Ex-Verlobten spielte in einer gänzlich anderen Liga.

Als sie ihn verließ, verließ sie auch ein Dasein, in dem sie tun und lassen konnte, was sie wollte, in dem kein Wunsch unerfüllt blieb, und mehr noch. Es wäre vollkommen gewesen, bis auf das eine Haar in der Suppe.

Sie liebte ihn nicht.

Sie hatte ihn immer sehr gerngehabt, warum auch nicht. Nach ihrer Schilderung war er ein wunderbarer Mensch. Und natürlich betete er sie an. Von seiner ganzen Familie wurde sie auf Händen getragen. Man mag es kaum glauben, aber während der ersten zwei Jahre ihrer Beziehung erlaubte sie ihm nicht einmal, ihre Hand zu halten, und weitere fünf Jahre dauerte es, bis er sie küssen durfte. Was für ihn die Hölle gewesen sein muss, auch wenn diese prallen Lippen nicht vom Nektar eines fruchtigen Eislutschers betaut waren. In Anbetracht ihrer außergewöhnlich langsamen Annäherung kann es nicht verwundern, dass sie nie Gefahr liefen, gewisse Grenzen zu überschreiten. Beide waren viel zu sehr damit beschäftigt, sich für den großen Tag aufzusparen, der nun nicht mehr kommen würde. Während der ganzen Zeit hatte er sie nicht ein Mal nackt gesehen, der arme Teufel.

Sie waren in jeder Hinsicht zwei Naive von paradiesischer Unschuld, ein scheinbar perfektes Paar, vom Schicksal auserkoren für eine perfekte Ehe, eine perfekte Familie und ein perfektes Leben.

Aber ach, es sollte nicht sein.

∞

Sie zog keinen Menschen ins Vertrauen. Sie packte ihre Koffer und ging. Ihre eigene Familie hätte versucht, sie zur Vernunft zu bringen. Ihr Verlobter hätte versucht, sie zur Vernunft zu bringen. Ihre Freunde hätten ihr gesagt, *du bist verrückt*, und dann versucht, sie zur Vernunft zu bringen. Was sie tun wollte, galt in der koreanischen Gesellschaft allgemein und ganz besonders in ihren Kreisen als unverzeihliche Schande. Nicht allein für die Familie ihres Verlobten wäre sie gestorben, auch ihre eigene Familie würde sie verstoßen. Von ihren Freunden konnte sie möglicherweise mehr Verständnis erwarten, aber nach wie vor würde man sie für verrückt halten. Sie war sich keinesfalls sicher, dass sie angesichts dieser geballten Missbilligung standhaft bleiben konnte.

Deshalb, wie schon gesagt, packte sie ihre Koffer und machte sich auf und davon – in der Economy Class.

So groß war ihre Angst, verfolgt und zurück in den Schoß der Familie verfrachtet zu werden, dass sie sich zum ersten Mal beim Besteigen eines Flugzeugs nicht in die erste Klasse begab, sondern ihren Platz in den Sitzreihen der Normalsterblichen suchte. Sie hatte sich überlegt, dass niemand sie in der Economy Class vermuten würde.

Beim Abendessen bat sie um die Speisekarte und musste sich sagen lassen, in einem Ton, den man ihr gegenüber bestimmt noch nie angeschlagen hatte, sie habe die Wahl zwischen Hühnchen und Rindfleisch.

∞

Wenn man bedenkt, dass sie mit ihrem ersten und bis dato einzigen Freund fünf Jahre lang zusammen war, bevor er mit seinen Lippen keusch ihren unwiderstehlichen Kussmund berühren durfte, war ihre Reaktion auf mein Voranpreschen akzeptabel für einen ersten Versuch. Was immer sie für Vorbehalte gehabt haben mag, nachdem die Hemmschwelle einmal überwunden war, konnte sie vom Küssen gar nicht genug bekommen. Bald küssten wir uns überall – geografisch gesehen. Wir mutierten zu Kusssüchtigen. Wenn ich ihre Lippen sah, nur an sie dachte, begann ich zu halluzinieren, bis ich plötzlich merkte, dass mein Mund halb offen stand und meine Zunge sich vor- und zurückbewegte, eine entrückte Simulation des realen Genusses und bestimmt ein selten dämlicher Anblick für jeden, der Zeuge dieses Schauspiels war, manchmal also sämtliche Schüler eines Kurses.

∞

»Wachgeküsst wie Dornröschen« – das beschreibt vielleicht die rasante Verwandlung, die mit Cherry vor sich ging. Nachdem wir einmal der süßen Minne gefrönt hatten, war sie unersättlich. Ihr ganzer Körper war eine einzige, fein abgestimmte erogene Zone. Sogar ihre Ellenbogen waren empfänglich für sinnliche Reize. Sie kam schon, da war ich noch nicht ganz zur Tür herein, und danach in Intervallen von vielleicht anderthalb Minuten immer wieder, bis ich zusammenbrach, ein zitterndes, ausgelaugtes Wrack. Der Ausbruch des Krakatau war nichts dagegen.

Doch damit nicht genug.

Bald zeigte sie deutliche Symptome zunehmender Abenteuerlust.

»Mach die Augen zu«, forderte sie mich auf.

Ich gehorchte, und als ich sie wieder öffnen durfte, stand sie nackt vor mir. Natürlich hatte ich sie vorher schon nackt gesehen, aber nicht gewissermaßen nackter als nackt.

»Schau mal«, sagte sie. »Enthaarung auf Brasilianisch.«

∞

Ich war nicht direkt schockiert, als ich ihren ersten Satz las, aber ein wenig flau wurde mir schon. Da stand: »Fick mich.«

Wir behandelten »Ersuchen«, und dies hier war eins, wenn auch etwas unverblümt.

»Gewöhnlich vermeidet man den Gebrauch des Imperativs bei Ersuchen«, sagte ich so laut, dass der Rest der Klasse es hörte. »Es klingt zu schroff, wie ein Befehl.«

»Dann finden Sie es nicht gut?«, fragte sie mit unschuldigem Augenaufschlag, und ich könnte mir vorstellen, dass ich rot geworden bin. »Ist es so besser?«

Ich nahm das Blatt und las: »Ich belästige Sie nur ungern, aber wären Sie vielleicht so gut, mich zu ficken, bitte?«

∞

Hinter geschlossenen Türen war sie leicht entflammbar. In der Öffentlichkeit aber, im Park, am Strand oder auch an einem anderen ungewöhnlichen Ort, wie eine Besenkammer, das Klassenzimmer, mein Lehrertisch oder einfach dort, wo die Gefahr bestand, in flagranti ertappt zu werden, kannte sie kein Halten mehr. Sie nutzte jede Gelegenheit, je prekärer, desto besser, wandte unseren kleinen, geheimen Fingertrick an und ging hoch wie ein Silvesterfeuerwerk.

Mir war klar: Wenn meine Nerven nicht schlappmachten, dann früher oder später meine Knie, mein Rücken und mein Herz.

Aber natürlich ging es nicht allein um Sex.

20

»Wir sollten uns nicht mehr treffen«, sagte sie.

Wir lagen uns in ihrer Badewanne gegenüber, zwischen uns das Laokoongewirr verschlungener Beine. Cherrys Brustwarzen, die aus dem Wasser lugten, sahen aus wie zwei kleine dunkelrosa Inseln; unter der Oberfläche erstreckte sich ihr Körper, im Kerzenschein deutlich sichtbar, wie ein versunkener, geheimnisvoller und unendlich einladender Kontinent.

Ich griff nach einem ihrer Füße und küsste ihn. »Warum nicht?«

»Weil du immer noch deine Freundin liebst.«

»Aber dich liebe ich auch.«

»Und?«

»Und natürlich möchte ich mich weiterhin mit dir treffen.«

»Wie lösen wir dieses Problem?«

»Ich weiß nicht.«

»Deshalb denke ich, dass wir uns trennen sollten.«

Ich konnte nicht mehr genau sagen, wann dieses Thema angefangen hatte, uns zu verfolgen. Aus Wochen waren Monate geworden, aus Monaten eine richtige Beziehung, in der jeder seine ureigenen Ansprüche und Erwartungen hatte. Nun waren wir an einem toten Punkt angelangt. Was anfangs eine reine Formalie zu sein schien (ich hatte bereits eine Freundin) und ein leicht überwindbares Hindernis (mit dieser Freundin Schluss machen), hatte sich irgendwann zu einer soliden Mauer verfestigt (ich hatte die Freundin immer noch und bisher keine Anstalten gemacht, ihr den Laufpass zu geben).

»Es wird sich alles irgendwie regeln«, versicherte ich ihr, aber ich glaubte selbst nicht mehr daran. Es stimmte, ich liebte Cherry. Ich wollte mit ihr zusammen sein, aber mir war noch etwas anderes klar geworden: Ich wollte auch Cassie nicht aufgeben. Eine Zeit lang hatte ich an meinen Ketten gerüttelt, hatte frei sein wollen, mit einem kühnen Sprung in ein neues Leben entfliehen. Ein Leben mit Cherry. Neue Dinge wollte ich tun, neue Leute kennenlernen, neue Länder sehen: ein neuer Mensch sein.

Dann, eines Tages, sogar in einem ganz genau bestimmbaren Augenblick, geschah etwas, und nichts war mehr wie vorher. Ich erkannte, dass ich, wenn ich Cherry haben wollte, alles andere aufgeben musste. Und mehr noch: Um Cherry zu geben, worauf sie Anspruch erhob, musste ich es Cassie wegnehmen. Ich musste unsere beiden Leben auseinanderreißen, Vergangenheit, Gegenwart und Zukunft. Cassie würde mir nie verzeihen. Ich würde sie nie wiedersehen, und alles, was wir gewesen waren und gemeinsam getan hatten, würde vergiftet werden und sterben und irgendwann spurlos verschwunden sein. Und noch etwas begriff ich: Cherry, so wunderschön, aufregend, unvergleichlich sie war, genügte mir nicht.

Sie fasste die Problematik eines Tages in einem Satz zusammen: »Du bist so daran gewöhnt, uns beide zu haben, dass du jetzt auf keine mehr verzichten kannst.«

∞

»Auweia!«, sagte sie.

»Was ist denn?«

Sie sprang aus dem Bett, holte einen Handspiegel und hielt ihn mir vor.

»Mist«, stieß ich hervor.

Ein Knutschfleck.

Riesengroß, unverkenn- und unübersehbar und unmöglich zu verstecken.

»Tut mir echt leid.«

»Mist!« Ich konnte den Blick nicht von diesem *Ding* an meinem Hals losreißen.

»Entschuldige.«

Ich gewann mein seelisches Gleichgewicht zurück, halbwegs. »Es ist nicht deine Schuld«, log ich, wenig überzeugend, selbst für meine eigenen Ohren.

»Ich hab's nicht mit Absicht getan.«

»Mach dir keine Vorwürfe«, beruhigte ich sie, dabei starrte ich weiter unverwandt auf mein Spiegelbild, auf diese schreckliche, unheilvolle, verräterische Ansammlung geplatzter Blutgefäße. Meine Gedanken rasten im Kreis: *Was soll ich tun? Was soll ich tun?* Ich fühlte, wie ich anschwoll, wie die wachsende Panik mich aufblähte wie einen Luftballon. Wäre ich nicht nackt gewesen, wären Säume geplatzt und Knöpfe abgesprungen. Ich fragte mich, wie viel Zeit mir blieb, um etwas zu meiner Rettung zu unternehmen. Gleichzeitig empfand ich Mitleid mit Cherry. Eben hatten wir uns noch geliebt – beglückend, leidenschaftlich, ekstatisch. Eigentlich ein Wunder, dass ich nicht von Kopf bis Fuß mit Knutschflecken übersät war. Und nun war das Hochgefühl einer bedrückenden Atmosphäre gewichen.

»Ich muss gehen«, sagte ich, vielleicht etwas zu schroff.

»Warte. Bleib wenigstens noch fünf Minuten.«

»Ich kann nicht.« Ich stieg in meine Jeans. »Ich weiß nicht, wann Cassie zurückkommt, und ich muss versuchen, das hier« – ich zeigte anklagend mit dem Finger auf meinen beweiskräftigen Hals – »irgendwie wegzukriegen.«

Ich warf mir die restlichen Kleider über, dann hielt ich inne und schaute Cherry an. Sie saß im Schneidersitz auf dem Bett, nackt, drückte mit den Armen ein Kissen an ihre Brust und blickte aus großen, perfekt mandelförmigen Augen zu mir auf. Diese glänzten bereits verdächtig feucht.

»Es ist nicht so schlimm«, bemühte ich mich, sie zu trösten, wahrscheinlich nicht sehr erfolgreich. Ich konnte mir nicht vorstellen, was passieren würde. Der anfängliche Aufruhr in meinem Innern war einer dumpfen Lähmung gewichen. »Ich muss los.«

»Küss mich.«

Ich küsste sie, aber zum ersten Mal nur widerwillig. Ihr Zimmer, ihr Parfum, ihr Körper bedrängten mich, drohten mich zu ersticken. Ich konnte es nicht mehr aushalten. Ich brauchte Luft, frische Luft. Mein einziger – beschämender – Gedanke war: Nur weg von hier und niemals wiederkommen.

Als ich die Tür hinter mir zuzog und auf die Straße trat, reagierte das kalte Tageslicht zischend und knisternd mit meinem fiebernden Hirn. Der romantische Nebel, worin ich vergnügt umhergetappt war, hob sich plötzlich, mein Kopf wurde klar, und es kam mir vor, als ob die Zeit sich verlangsamte, fast stillstand, so dass ich Muße hatte, mir meine Situation mit ihren Konsequenzen bis in alle Einzelheiten zu vergegenwärtigen. Mir wurde übel.

21

Ich hatte das Gefühl, dass auf dem ganzen Nachhauseweg ein dicker roter Pfeil neben mir herschwebte und auf meinen mörderischen Knutschfleck zeigte, auf dass er ja von niemandem übersehen werde. Ich spürte, wie die Leute mich anstarrten, die mir entgegenkamen. Ich merkte, wie die hinter mir Gehenden den Schritt beschleunigten, um einen Blick auf das Mal des Eros zu werfen, und dass die Kunden aus den Geschäften gelaufen kamen, um es zu bestaunen. Und natürlich dachten sie alle genau dasselbe, was ich zu denken pflegte, wenn ich jemanden mit einem dicken, fetten Liebesbiss sah: im ersten Moment natürlich: »Oho, das muss eine heiße Nummer gewesen sein!«, und anschließend allerlei wenig Schmeichelhaftes. Auch wenn ich früher schon Knutschflecke gehabt und andere damit beglückt hatte und zugeben will, dass zur rechten Zeit und am rechten Ort nichts dagegen spricht, so war jetzt die falsche Zeit und mein Hals der falsche Ort.

Vor unserer Wohnungstür angelangt, klingelte ich, bevor ich aufschloss, für den Fall, dass Cassie früher nach Hause gekommen war. Was gewesen wäre, wenn sie aufgemacht hätte? Aller Wahrscheinlichkeit nach hätte ich die Flucht ergriffen, um anschließend meinen eigenen Tod vorzutäuschen oder wenigstens meine Entführung. Aber Cassie war nicht da, wie ich beim Betreten der Wohnung feststellte, so dass ich mich auf kürzestem Weg ins Badezimmer begeben konnte, um das Corpus Delicti ausgiebig zu inspizieren. Ich kam zu dem Schluss, dass meine Lage in etwa so rosig war wie die von King Kong auf dem Wolkenkratzer oder von Leonardo di Caprio an Bord der Titanic.

Dieser Knutschfleck hatte eine fast schon dämonische Präsenz, und wäre mir nicht aus schierer Verzweiflung eine Idee gekommen, eine rettende Idee, hätte ich wahrscheinlich das einzig noch Mögliche getan, um vielleicht, *vielleicht* die totale Katastrophe abzuwenden, und nicht etwa zum Rollkragenpullover gegriffen (kratzt am Hals, und früher oder später muss man ihn ausziehen), sondern mich aus dem Staub gemacht.

Aber ich hatte die rettende Idee. Obwohl ich glatt rasiert war und mir bei der Vorstellung dessen, was ich zu tun im Begriff war, die Knie weich wurden, schäumte ich mich ein und tat es.

∞

Menschen bedienen sich zum Zweck der Selbstentleibung sowohl ganz alltäglicher als auch ungemein faszinierender Mittel und Methoden. Manche schneiden sich sogar eigenhändig die Kehle durch. Und während es interessant wäre nachzuforschen, welches frühkindliche Trauma jemanden bewegt, sich derart blutig ins Jenseits zu befördern, würde es mich persönlich in erster Linie interessieren, wie sie es bewerkstelligen. Ich stelle mir vor, dass man tunlichst ein geeigneteres Werkzeug benutzt als einen Wegwerfrasierer aus Plastik, aber wahrhaft staunenswert ist die Kaltblütigkeit, die zu dieser Tat notwendig ist. Eine weitere Detailfrage ist die Vorgehensweise, vergleichbar dem Abreißen-eines-alten-Pflasters-Dilemma: langsam oder mit einem Ruck? Schmerz in kleinen Dosen oder schnell und grell? Ich könnte mir vorstellen, die zweite Methode ist die häufiger geübte, was das Durchschneiden von Kehlen angeht, auch wenn ich persönlich in punkto Pflasterabreißen von jeher die erste bevorzuge.

Mich beim Rasieren zu schneiden, ist für mich das Gleiche, wie mit dem Rad auf die Nase zu fallen für jemanden, der nicht Radfahren kann, sich aber dennoch nicht davon abhalten lässt. Nun, da ich es darauf anlegte, mich zu schneiden, zu ritzen, Blut zu vergießen im Namen von Friede, Freude und Eierkuchen, hätte mein Wegwerf-Damenrasierer genauso gut ein extraweicher Flederwisch sein können. Mein Gesicht war makellos glatt, nicht ein vergessener Stoppel, nicht ein einziger Kratzer. Ungläubig strich ich mit der Hand über meine Wangen. Ich hätte in einem Werbespot für Rasierapparate auftreten können, bis auf die Tatsache, dass ich nicht im Entferntesten aussah wie ein griechischer Gott und an meinem nun streichelglatten Hals der Vater aller Knutschflecke glühte.

»Mist!«, stieß ich erneut hervor. »Gottverdammter, verfluchter Mist!« Was ich wirklich brauchte, war ein Rasierer, der schon einiges mitgemacht hatte. Ein alter, krustiger, vorzugsweise stumpfer Veteran seiner Gattung, Verursacher mancher Blessur an Gurgel oder Wade, dann auf dem Rand der Badewanne vergessen und dort in einer kleinen Pfütze der Zersetzung entgegenrostend.

Aber das Schicksal war gegen mich. Mir blieb nichts anderes übrig, als mich mit Cassies Bimsstein zu behelfen.

∞

Was Bims angeht, sollte man wissen, dass vulkanisches Gestein generell nicht zur Anwendung auf Gesichtshaut geeignet ist. Falls jemand trotzdem Lust zu einem Selbstversuch verspüren sollte – nur zu. Das Ergebnis wird kein ansprechendes sein, mein Wort darauf.

Als ich fertig war, sah mein Knutschfleck aus, als stammte er von einem Haifisch. Nicht ganz der gewünschte Effekt, aber ich war trotzdem zufrieden. Kein vernünftiger Mensch würde mich eines Techtelmechtels mit einem Haifisch verdächtigen, ergo hatte ich kein Techtelmechtel. Basta.

∞

»Mein Gott!«, sagte Cassie, als sie ein paar Stunden später nach Hause kam, für mich eine verdientermaßen im eigenen Saft schmorend zugebrachte Ewigkeit. »Was ist denn mit deinem Hals passiert?«

»Kleiner Unfall beim Rasieren«, antwortete ich. »Und ich glaube, die Klinge war nicht ganz sauber. Jedenfalls sieht die Stelle aus, als wäre sie entzündet.« Ich war hochzufrieden mit dieser kleinen Ausschmückung. Sie verlieh der ganzen Sache einen Anstrich von Glaubwürdigkeit. Fand ich.

»Warum hast du nicht den Rasierapparat benutzt?«

Verflixt! Gute Frage.

»Hat wieder mal gestreikt. Ich muss mir einen neuen zulegen. Oder ich lasse mir einen Bart wachsen. Was hältst du von einem Robinson-Crusoe-Look?«

»Habe ich nichts daran auszusetzen«, erklärte sie und streichelte meine seidenglatte Wange. »Sofern man auf einer einsamen Insel lebt, mit Freitag und ein paar Ziegen. Solltest du allerdings nicht darauf erpicht sein, auf einer einsamen Insel zu leben, mit Freitag und ein paar Ziegen, würde ich mir an deiner Stelle den neuen Rasierapparat kaufen.«

Neckereien unter Stress sind eine strapaziöse Angelegenheit und nichts für jemanden mit schwachen Nerven. »Nun, auch wenn Ziegen liebenswerte und schmackhafte Geschöpfe sind, ist mir doch gerüchteweise zu Ohren gekommen, dass sie ein wenig achtlos sind, was ihre festen und flüssigen Ausscheidungen angeht, und Freitag, sagt das Buch, gehörte zu einem Stamm von Kannibalen, was ich bedenklich finde.« Der Trick besteht darin, es nicht zu übertreiben. Es muss ganz natürlich klingen, luftig, locker, leicht, auch wenn man Blut und Wasser schwitzt.

Während ich schwafelte, begutachtete sie meinen Hals lange und gründlich, so lange und gründlich, dass mein Redestrom versiegte. Ums Verrecken wäre mir kein Witz eingefallen. In meinem Kopf kreiste nur der eine angstvolle Gedanke: Sie musste blind sein, um nicht zu erkennen, was dieser blutig geschürfte Schlamassel in Wirklichkeit war: der verzweifelte, jämmerliche Versuch, das eindeutige Indiz für meinen Verrat zu kaschieren. Jemand, der sich beim Skateboardfahren mit einer Käsereibe rasierte, hätte keine größere Verwüstung anrichten können. Ich wartete mit angehaltenem Atem auf das Urteil.

»Sieht schlimm aus«, sagte sie endlich und fügte hinzu, worauf ich unbewusst gehofft hatte: »Da gehört Salbe drauf.«

Freispruch. Ersten Grades.

22

Meine Mutter und mein Vater halten immer noch Händchen. Kurz vor unserer geplanten Heirat fragte mich Georgia einmal, ob wir später wohl auch so ein verliebtes altes Ehepaar sein würden wie sie. Die Frage traf mich wie ein Huftritt. Eigentlich hätte ich nicht erschrecken dürfen, schließlich dauerte unsere Beziehung schon länger als die meisten Ehen, zudem waren wir verlobt, doch plötzlich erschien es mir so unvorstellbar – wir beide mit weißen Haaren, unser Leben bereits gelebt –, dass mir schwindelig wurde. Ob ich glaubte, wir würden sein wie meine Eltern, wenn wir in ihrem Alter waren? Mein Gott, dachte ich, was für eine Frage, ein ganzes Leben übersprungen, aus der Fülle der Möglichkeiten per Zoom in die Senilität versetzt. Damit will ich nicht sagen, meine Eltern seien senil, aber sie waren alt, unübersehbar alt. Das hielt Georgia also für erstrebenswert? Mich packte ein ohnmächtiger Zorn. Ich wollte auf der Stelle Schluss machen, unser gemeinsames Leben zerschmettern, die Scherben in Grund und Boden stampfen, darauf herumtrampeln und laut und deutlich auf den Stand der Ehe pfeifen samt allem, was dazugehörte, wie zum Beispiel zusammen alt werden, dieses schleichende, lähmende Begreifen: Du hast dein Bett gemacht, und darin musst du jetzt verdammt noch mal liegen und irgendwann auch sterben.

»Aber natürlich«, antwortete ich. »Du nicht?«

Komisch, aber Jahre später stellte Cassie mir dieselbe Frage, und auch wenn ich nicht wieder so heftig zusammenzuckte wie damals, als Georgia mich damit überraschte, musste ich doch einen Moment um Fassung ringen.

Wir waren doch erst seit fünf Jahren zusammen.

∞

In seinem Song »Make It Easy On Yourself« belehrt uns Burt Bacharach, dass es nicht einfach sei, Schluss zu machen, auch wenn er in dem Song der Verlassene ist und sich bemüht, es der verlassenden Partei möglichst leicht zu machen. Meiner Meinung nach legt er einen unangebrachten Großmut an den Tag und übertreibt es mit seinen Bemühungen, der fremdgehenden Schlampe Gewissensbisse zu ersparen.

Phil Collins andererseits, so wird gemunkelt, hat seiner Frau, jetzt Ex-Frau oder sogar schon Ex-Ex-Frau, per Fax den Laufpass gegeben. Ich weiß nicht, ob es stimmt, aber selbst wenn, es gibt Schlimmeres. Er hätte ihr eine Ansichtskarte von irgendeinem idyllischen, sonnigen Fleckchen Erde schicken können, den Fidschi-Inseln zum Beispiel, und auf die Rückseite schreiben: »Amüsiere mich prächtig, besonders, weil du nicht hier bist. P.S. Ich will die Scheidung.«

Eine Beziehung zu beenden *ist* schwierig, jedenfalls wenn man den anderen trotz allem noch gernhat oder, besonders problematisch, wenn man ihn noch liebt. Mit jemandem Schluss zu machen, der im Streckverband und von Medikamenten benebelt im Krankenhaus liegt und von dem man sich seit längerem bereits innerlich zurückgezogen hat, ist ein Klacks dagegen. Und ich könnte mir vorstellen, jemanden abzuservieren, den man nicht mehr leiden kann, ist noch einfacher und macht vielleicht sogar Spaß.

Mit Cassie Schluss zu machen, die ich immer noch gernhatte und liebte und die mich immer noch gernhatte und liebte, war alles andere als ein Klacks.

Und weil es alles andere als ein Klacks war, ließ ich es bleiben.

Es war einfacher so.

Ich hielt es für besser, nichts zu tun und den Dingen ihren Lauf zu lassen.

∞

Ist es nicht im höchsten Maße erstaunlich, sogar verrückt, wie manche Leute ihre Mitmenschen manipulieren können und sie dazu bringen, etwas völlig Irrsinniges zu tun oder zu glauben? Und nicht nur Dummköpfe, sondern auch solche, die es wirklich besser wissen müssten. Hitler zum Beispiel, ungeachtet des womöglich albernsten Schnurrbarts aller Zeiten, überzeugte fast ganz Deutschland davon, er sei der Allergrößte, das Beste seit geschnitten Brot und genau die Medizin, die der Doktor empfohlen hat, in einer Person, und Krieg zu führen gegen den Rest der Welt sei eine prima Idee. Eva, wenn man der Bibel glauben will, überredete Adam, das Einzige zu tun, das ihnen verboten war – von keinem Geringeren als *Gott* –, und eine, wie ich zu seinen Gunsten annehmen möchte, absolut unwiderstehliche Frucht zu verspeisen, komischerweise nicht etwa eine schöne, reife Mango oder einen Pfirsich, sondern einen ganz normalen Apfel der Sorte »Paradiesgarten«.

Aber die höchste Form der Manipulation ist die Kunst des Selbstbetrugs, und darin sind wir alle Meister.

Ich zum Beispiel sah mich als das unglückliche Opfer meiner eigenen Selbstlosigkeit und eines überempfindsamen Gewissens, wenn ich mich davor drückte, mit Cassie

Schluss zu machen (ersparte ich ihr nicht den Schmerz und die Tränen und all die anderen emotionalen Erschütterungen einer Trennung?), während ich weiter munter bei jeder sich bietenden Gelegenheit mit Cherry vögelte (und ihr dabei das Blaue vom Himmel herunter versprach – und selbst daran glaubte). Ein elender Schuft und Feigling? Bewahre! Genau genommen tat ich uns allen dreien einen Gefallen.

∞

Als ich versuchte, Ray diese meine Sicht der Dinge zu erläutern, gab er mir den Rat, alles aufzuschreiben, so genau und ausführlich wie möglich, dann das Blatt – oder wahrscheinlicher, die Blätter – zu nehmen und in winzig kleine Stücke zu zerreißen, diese winzig kleinen Stücke sodann in die Luft zu werfen, um sie endlich auf gut Glück wieder zusammenzusetzen, vorzugsweise mit geschlossenen Augen.

»Wieso das?«, wollte ich wissen.

»Dann ergibt es vielleicht mehr Sinn«, gab er zurück.

∞

Auch wenn ich heute eingestehen kann, dass ich ein elender Schuft und Feigling bin, begann ich offen gesagt erst dann Schuldgefühle zu entwickeln, als mir klar wurde, dass ich nicht mit Cassie Schluss machen wollte. Danach fand sogar ich selbst es einigermaßen schwierig, mir einzureden, dass mein Verhalten etwas anderes war als bescheiden bis außerordentlich bescheiden. Wenn ich von Schuldgefühlen spreche, gebrauche ich das Wort übrigens im weitest möglichen Sinne, so dass sie für die meisten Menschen wohl gar nicht erkennbar gewesen wären.

Die Wahrheit ist, ich hatte keine Schuldgefühle, nicht die Spur.

∞

Das beunruhigte mich – wie es mich damals nach dem Tod von Georgia beunruhigt hatte, nicht am Boden zerstört zu sein – mit dem kuriosen Ergebnis, dass ich mich irgendwann schuldig fühlte, weil ich mich nicht schuldig fühlte, statt mich wegen des eigentlichen Anlasses, der mich hätte bewegen sollen, schuldig zu fühlen.

23

Am entgegengesetzten Ende der Skala der Schuldgefühle befand sich Jamie. Er war es gewesen, der mir seinerzeit riet, ich solle mich nicht mit Gewissensbissen quälen, weil ich glaubte, Georgias wahrhaft tragisches Ende ginge mir nicht nahe genug, aber er hatte gut reden. Er tauschte eine extrem aussichtslose Karriere als Varietékünstler (extrem aussichtslos, weil er weder tanzen noch singen konnte und Plateausohlen ihm Höhenangst verursachten) gegen eine noch um einiges weniger vielversprechende Laufbahn als Pfleger in dem schäbigsten, heruntergekommensten und deprimierendsten Altenheim, das ihn einstellen wollte. Um der Wahrheit die Ehre zu geben: Das Heim hätte so ziemlich jeden eingestellt, der dort arbeiten wollte, so schäbig, heruntergekommen und deprimierend war es.

»Du darfst nie, niemals, egal, was passiert, deine Eltern in ein Altenheim stecken oder zulassen, dass ein anderer es tut«, sagte er mir schon nach seinem ersten Tag in dem neuen Beruf. »Wenn es gar nicht anders geht, sei ein guter Sohn und jag ihnen vorher eine Kugel in den Kopf.«

Er hatte es nicht nötig, in einem Altenheim zu arbeiten, und erst recht nicht in dem grässlichsten, das er finden konnte. Er war jung und extravagant und Besitzer einer faszinierenden Sammlung von Federboas. Ihm hätten alle Berufe offengestanden – außer solchen, die ein Talent für Singen, Tanzen, Schauspielern und schwindelfreies Schreiten auf Plateausohlen erforderten.

»Du bist verrückt«, sagte ich zu ihm, als er mir erzählte, was er tun wollte.

»Vielleicht.«

»Da gibt es kein Vielleicht. Hast du dir klargemacht, dass du in dem Beruf Windeln wechseln musst? Die Windeln von alten Menschen«, fügte ich des Nachdrucks halber hinzu.

»Jemand muss es tun«, erklärte er schlicht.

»Jemand muss Hundefutter essen, um festzustellen, ob man es guten Gewissens auch Hunden vorsetzen kann, aber brenne ich etwa darauf, mich bei Pedigree zu bewerben? In dieser unserer Gesellschaft gibt es Jobs, bei denen wir davon ausgehen, dass sie von irgendwelchen anderen Leuten als uns erledigt werden, und den Geschmack von Hundefutter zu testen und Senioren frisch zu machen gehört definitiv in diese Kategorie von Berufen.«

»Ich tu's wegen Mutsch.«

Selbstverständlich wusste ich, weswegen er es tat. Es war offensichtlich. Er wollte etwas wiedergutmachen. Er tat Buße. Ihn quälten Gewissensbisse, nicht, weil er seine arme, alte Mutter in ein Pflegeheim gesteckt hatte, sondern weil er – in seinen Augen – ihr Mörder war. Er wollte sich bei ihr entschuldigen, irgendwie. Ich wusste das alles. Nur fand ich die Idee ziemlich bescheuert.

Zu Unrecht. Ich durfte nicht mich selbst als Maßstab nehmen, jemanden, der sich nie hätte überwinden können zu tun, was er tat.

Ob er Windeln wechselte oder beim Baden behilflich war oder seine Pfleglinge einfach nur als menschliche Wesen behandelte, Jamie war bald eine Macht des Guten, nicht auf eine welterschütternde oder pompöse Art und Weise, sondern auf der Ebene der kleinen, alltäglichen, scheinbar unbedeutenden Dinge, die dennoch vielen der alten Menschen etwas von ihrer Würde zurückgab, für die kurze Zeit, bis sie mit den Puschen voran hinausgetragen wurden.

∞

Selbstverständlich war ich nicht vollkommen gefühllos. Ich war kein Monster. Viele Erlebnisse konnten mich zutiefst erschüttern.

Zum Beispiel der Vorfall mit unseren ermordeten Goldfischen. Ich fand sie eines Morgens zertreten rings um ihren Teich: ungefähr ein Dutzend formlose orangefarbene Kleckse.

»Warum tut das jemand, unsere Goldfische zertreten?«, fragte ich tränenüberströmt meine Mutter, die mir erklärte, es gäbe eben Menschen, die Spaß daran hätten, alles Schöne kaputtzumachen. »Wenn wir also hässliche Fische hätten, würden sie sie nicht zertreten?«

»Nun, dann würden sie sie vielleicht zertreten, weil sie eben hässlich wären«, erwiderte sie und fügte hinzu, als wäre ich nicht bereits verwirrt genug: »Oder weil sie keine Fische leiden mögen. Oder weil du Fische hast, ob hübsch oder hässlich, und sie nicht. Oder weil sie nichts Besseres zu tun haben oder sogar weil ihnen einfach danach ist, etwas zu zertreten.«

So entsetzlich trostlos war das Bild, das sie mir von den Chancen eines Fisches malte, die launischen Wechselfälle dieser Welt zu überleben, dass ich mir schwor, nie im Leben wieder Fische haben zu wollen.

24

Zwei Tage nachdem Fiona mir den guten Rat gegeben hatte, mich künftig elektrisch zu rasieren, erlitt sie einen Nervenzusammenbruch, bombardierte ihre Schüler mit Textmarkern und schrie: »Sprecht Englisch, gottverdammt! So schwer ist das nicht!« Leider muss man ihr vorwerfen, dass sie mit dieser Aussage nicht ganz recht hatte, denn sie unterrichtete zu dieser Zeit eine Anfängerklasse.

Ich kannte noch andere Lehrer, die durchgedreht waren.

Reg Diplock zum Beispiel.

Nachdem ihr gehäuft Klagen der Schüler zu Ohren gekommen waren, in seinem Unterricht würde man nichts lernen, im Grunde ein alltäglicher Vorwurf der Lernenden gegen die Lehrenden, fragte unsere Studiendirektorin bei Reg an, ob er etwas dagegen habe, wenn sie in einer seiner Stunden hospitierte. Er sagte, er habe ganz und gar nichts dagegen, ganz im Gegenteil. Also nahm sie eines Morgens unauffällig ganz hinten im Klassenraum Platz, während Reg vorn saß, an seinem Tisch. Die Schüler warteten gelangweilt darauf, dass die ihnen bereits sattsam vertraute Prozedur ihren Lauf nahm, da zog Reg ein Buch aus der Aktentasche – *Pippi in Taka-Tuka-Land*, die Fortsetzung von *Pippi Langstrumpf geht an Bord*, das sie in der Woche davor durchgenommen hatten – und begann stumm zu lesen.

Nachdem sie fünf Minuten lang dagesessen hatte, in einer Stille, die nur von einem gelegentlichen Stuhlrücken oder dem Umwenden einer Seite unterbrochen worden war, und als nichts darauf hindeutete, dass in absehbarer Zeit so etwas wie Unterricht stattfinden würde, beugte unsere Frau Direktor sich zu dem nächstsitzenden Schüler vor und fragte leise: »Das ist alles, was hier passiert?«

Offenbar war es das.

Sie stand auf. »Reg, kann ich Sie eine Minute draußen sprechen?«

Als sie im Gang standen, erkundigte er sich, noch bevor sie etwas äußern konnte, wie ihr der Unterricht gefalle.

»Tut mir leid, das sagen zu müssen Reg«, begann sie, »aber drehen Sie am Rad?«

»Dann gefällt Ihnen meine Methode nicht?« Er sah ehrlich erstaunt aus.

»Was genau sollte mir gefallen, Reg? Sie sitzen da und lesen ein verdammtes Buch.«

»Ach ja, ich verstehe. Sie haben heute Morgen Kaffee getrunken, stimmt's? Koffein beeinträchtigt den Empfang. Meine Schüler wissen, dass sie keinen Kaffee trinken dürfen. Mein Fehler, ich hätte Sie davon in Kenntnis setzen müssen.«

Was das Koffein beeinträchtigte, war anscheinend der Empfang des Unterrichtsstoffs, den Reg seinen koffeinfreien Schülern auf telepathischem Weg übermittelte: Eine nach seinen Worten unvergleichlich effektive Methode, Wissen weiterzugeben bzw. aufzunehmen, und außerdem ermöglichte sie ihm, endlich die Bücher zu lesen, die er immer schon lesen wollte. Nur die Wahl seiner Lektüre ließ sich weniger leicht erklären.

Er hatte die Technik von Delfinen gelernt, beim Schwimmen vor Byron Bay, Australien, und konnte auch UFOs herbeirufen. Letztere Fähigkeit dürfte ihm gut zupassgekommen sein, nachdem man ihn vom Schulgelände eskortiert und dringend ersucht hatte, seiner bisherigen Wirkungsstätte von nun an fernzubleiben.

∞

»Wenn du alles sein könntest, was du dir wünschst, Tomoko«, fragte ich sie, zwecks Überprüfung ihres Wissensstands den Konjunktiv II betreffend, »was würdest du dann sein wollen?«

Sie überlegte sehr genau, bevor sie antwortete, als glaubte sie, ich hätte womöglich die Macht, ihren Wunsch tatsächlich zu erfüllen.

»Ich werde Mann sein.«

»Würde.«

»Ich würde Mann sein.«

Eine von Schülerinnen häufig zu hörende Antwort. Schüler, weil sie bereits Männer sind, nehme ich an, entscheiden sich meistens für »reich sein«, auch wenn ich mich an einen Schüler aus Thailand erinnere, der antwortete, er würde eine Frau sein wollen, und sich nicht lange danach diesen Wunsch erfüllte.

»Warum?«, wollte ich von ihr wissen.

Diesmal kam die Antwort wie aus der Pistole geschossen.

»Weil ich dann Busfahrer sein kann.«

25

Nun ja, die Welt braucht Busfahrer, und wenigstens wusste Tomoko, was sie werden wollte. Ich meinerseits hatte nieden Wunsch verspürt, Busfahrer zu werden, ebensowenig wie Feuerwehrmann oder Holzfäller oder Astronaut. Ich hatte nie irgendeinen bestimmten Ehrgeiz entwickelt. Zugegeben, ich hätte mir vorstellen können, Doctor Who zu sein, wegen der vielen Reisen und attraktiven Gefährtinnen, aber auch das war kein Traum, den ich unbedingt verwirklichen wollte. Für meine Berufsberaterin an der Schule wäre ich ein Grund gewesen, sich die Haare zu raufen, hätte sie welche gehabt. Als Abiturient konfrontiert ımit der schier unübersehbaren Vielzahl der sich bietenden Möglichkeiten für meinen künftigen Lebensweg, bestand mein erster Schritt darin, die Auswahl durch die Festlegung bestimmter Kriterien einzuschränken: Ich würde ein Fach studieren, das mit »ie« aufhörte. Das Angebot war immer noch reichhaltig: Anthropologie, Archäologie, Psychologie, Philosophie und Theologie, um nur die ersten fünf zu nennen, die mir spontan einfielen (der Übersichtlichkeit halber ließ ich es bei fünf bewenden, ersetzte jedoch, in Gedanken Abbitte leistend, Theologie durch Astronomie).

Ich schrieb meine »ie«-Wörter auf ein Blatt Papier und betrachtete jedes einzelne lange und konzentriert, in der Hoffnung, an einem davon könnte sich ein bis jetzt schlummernder Funke Interesse entzünden, aber nichts dergleichen geschah. Sie hätten allesamt Synonyme für Vanillepudding sein können. Natürlich hätte ich den Versuch mit fünf anderen Fächern wiederholen können, diesmal vielleicht den *wesen*tlichen: Ingenieurswesen, Computerwesen und, o Schreck und Graus, Rechnungswesen, aber sie klangen abschreckend solide und praktisch und überdies: Nachdem ich so weit gekommen war, wollte ich nicht noch einmal von vorn anfangen. Lieber suchte ich zusammen, was ich auf die Schnelle an Bildern finden konnte, die wenigstens annähernd geeignet waren, das jeweilige Fach zu symbolisieren – ein Affe, Harrison Ford, ein Sofa, Rodins *Denker* und E.T. (statt des nicht aufzutreibenden Galileo) –, und heftete sie an eine Dartscheibe.

∞

Meine ersten beiden Versuche gingen daneben, aber wenigstens nicht meterweit, recht gut also für jemanden, der mit geschlossenen Augen wirft, und der dritte Pfeil steckte genau zwischen dem Affen und Harrison Ford. Ich war geneigt, die Entscheidung zugunsten von Archäologie zu fällen, dann erschien mir diese Handlungsweise doch zu eigenmächtig, ich warf noch einmal und traf den *Denker* genau in den Rücken.

∞

Ich schrieb einmal einen Aufsatz über Sartre und dass er ungeachtet seiner ziemlich düsteren Philosophie (ganz zu schweigen von seinen Buchtiteln: *Das Sein und das Nichts*, *Tote ohne Begräbnis*, *Der Ekel*, mehr von der Sorte gefällig?) und obwohl er nicht sonderlich gut aussah (kein Vergleich mit dem jungen Schopenhauer) von allen Philosophen den größten Schlag bei den Damen hatte.

Als ich von zu Hause auszog, um mein Studium aufzunehmen, hatte mein »Schlag bei den Damen« mir exakt eine Eroberung eingebracht. Zum Teil deshalb dachten Georgia und ich, es täte unserer Beziehung gut, wenn wir nicht auf die gleiche Universität gingen, sondern auf verschiedene, in verschiedenen Städten. Damals hielt ich es wirklich für eine prima Idee. Heute bin ich überzeugt: Wenn wir auf dieselbe Uni gegangen wären, hätte die dauernde Nähe unserer Beziehung früher oder später den Garaus gemacht, oder zumindest hätten wir nicht so bald beschlossen zu heiraten. Dann hätte Georgia nicht versucht, durch dieses Fenster im ersten Stock zu steigen, weil ihr bei ihrem Junggesellinnenabschied der Hausschlüssel abhandengekommen war. Sie hätte sich nicht beim Sturz von der Leiter das Genick gebrochen und wäre nicht in der kalten Nacht erfroren. Aber wer weiß, genauso gut hätte sie von einem Bus überfahren werden können, den eine Japanerin steuerte, welche der Heimat den Rücken gekehrt hatte, um sich in der Fremde den größten Traum ihres Lebens zu erfüllen: Busfahrerin zu werden. Oder sie wäre an einer Alfalfasprosse erstickt (was vorkommen soll).

∞

Nicht lange, nachdem wir beide das Examen abgelegt hatten und Georgia allen Überlegungen ihre Berufswahl betreffend aus dem Weg gegangen war, indem sie sich das Genick brach und erfror, merkte ich, dass ein Abschluss in Philosophie und eine tote Verlobte mehr gemeinsam hatten, als man annehmen sollte, nämlich: Sie sind weitgehend zu nichts zu gebrauchen, sie taugen nicht als Thema für eine zwanglose Konversation, und sie sind keine große Hilfe, wenn es darum geht, Mädchen anzubaggern.

∞

Nach vier Jahren des Ringens mit zahlreichen der verworrensten und undurchschaubarsten philosophischen Konzepte, die ein menschliches Hirn ersinnen kann, verpackt in eine dermaßen verschlungene und ungelenke Prosa, dass die Entschlüsselung derselben etwa so viel Vergnügen bereitete, wie einen mittleren Felsblock bergauf zu rollen und dabei einen Bleistift auf der Nase zu balancieren, gelangte ich zu dem Schluss, dass es im ganzen großen Meer der Fragen nur zwei gibt, die es wert sind, gestellt zu werden, und auf diese beiden hat, soweit ich herausfinden konnte, noch niemand eine Antwort gefunden.

Wie? und *Warum?*

26

Vier Jahre lang hatte ich mit einer Tätigkeit zugebracht, die per Pfeilwurf (blind!) auf eine Dartscheibe ausgewählt worden war, und diese willkürliche Methode der Entscheidungsfindung beruhte wiederum auf dem jeder Logik entbehrenden Entschluss, etwas zu studieren, das mit »ie« aufhörte. Diese Phase war nun abgeschlossen, und neue Entscheidungen standen an. Als ich die Anzeige sah, in der Bewerber für einen Sommerjob in Madame Tussauds berühmtem Wachsfigurenkabinett gesucht wurden, beschloss ich, mich zu melden, mehr von einer voyeuristischen Neugier auf Kylie Minogue getrieben als von dem dringenden Wunsch nach einem einträglichen Job. Wie sich herausstellen sollte, konnte ich das eine mit dem anderen verbinden, überdies machte ich die interessante Entdeckung, dass Kylie (vielmehr ihre Doppelgängerin aus Wachs) keine Brustwarzen hatte (Grace Jones hingegen schon).

∞

Die Leute standen stundenlang Schlange, um hereinzukommen, dann schlurften sie durch die Gänge und gaben Kommentare ab wie »Wer ist das?« und »Er ist viel kleiner, als ich dachte.« und »Wieso hat Kylie keine Brustwarzen?« (das heißt, Letzteres würden sie gesagt haben, wenn sie es denn gewusst hätten). Manchmal stupsten sie unsereinen an, um zu prüfen, ob man echt war oder nicht, oder damit sie einen

Scherz machen konnten, immer denselben. »Nur mal testen«, sagten sie, woraufhin man müde lächelte und sich ausmalte, was für ein Vergnügen es wäre, ihnen das Knie ins Gemächt zu rammen.

Manche Besucher konnten der Versuchung nicht widerstehen, die ein oder andere Figur zu begrapschen, manchmal auch das in der Nähe befindliche Personal, wenn man Glück hatte. Linford Christie erfreute sich bei den Damen großer Beliebtheit, dagegen war es eine Dauerbeschäftigung, geile männliche Fans von der zerbrechlichen Miss Minogue fernzuhalten, trotz ihrer fehlenden Brustwarzen. Man machte es uns nicht leichter, als man die bisherige Figur durch »Kylie auf allen vieren« ersetzte.

∞

»Was macht ihr mit den alten Puppen?«, wurde ich einmal von einem älteren Besucher aus den USA gefragt. »Sie wissen schon, wenn die Leute nicht mehr so berühmt sind.«

»Wir schmelzen sie ein und machen Kerzen draus«, antwortete ich.

»Im Ernst? Glauben Sie, ich könnte ein paar von diesem Napoleon kaufen? Oder wenn von ihm keine mehr da sind, vielleicht von diesem achten Heinrich? Der ist garantiert für eine ganze Menge Kerzen gut gewesen.«

∞

Einmal durfte ich auch ein paar Worte mit Candice Bergen wechseln. Ich zitiere aus dem Gedächtnis:

»Wo geht's rein?«, fragte sie, ziemlich von oben herab, wie ich fand.

»Nun, dies ist der Ausgang«, antwortete ich in demselben blasierten Ton, »hier sind Sie also falsch.«

»Und wo muss ich dann hin?«

»Sie wollen zum Eingang?«

»Genau. Der ist wo?«

»An der Vorderseite des Gebäudes.«

»Wo bin ich jetzt?«

»An der Rückseite des Gebäudes.«

»In diesem ganzen gottverdammten Land ist aber auch alles verkehrt herum«, schnappte sie und verschwand auf demselben Weg, den sie gekommen war: durch eine große Tür, zusammen mit vielen anderen Menschen, die alle nach draußen strömten. Über der Tür prangte in großen Lettern das Wort »Ausgang«.

∞

Ein anderer prominenter Gast war Michael Jackson, er beehrte uns aber außerhalb der offiziellen Öffnungszeiten. Der Besuch lief mit der Präzision einer militärischen Operation ab, und wir (das Personal) hatten strikte Order, nur den Mund aufzumachen, wenn wir angesprochen wurden, und Michael unter keinen wie auch immer gearteten Umständen zu sagen, er sei »bad«.

27

Dieser Job hatte ein Provisorium sein sollen, ein Zwischenstopp an der Schwelle von meinem alten zu meinem neuen Leben. Ersteres lag hinter mir, buchstäblich tot und begraben, während das andere irgendwo fern am Horizont flimmerte wie ein schlechter ausländischer Film (in anderen Worten: ohne erkennbares Handlungsgerüst, kryptisch und latent bedrohlich). Falls das Leben wirklich einer Reise glich, war ich in etwa so gut vorbereitet auf die nächste Etappe wie seinerzeit die Inkas auf die Blattern. Meine Schuhe drückten, ich war vollkommen unpassend gekleidet, und mein Kompass taugte nicht die Bohne. Zwar zeigte er an, wo Norden war, konnte mir aber nicht sagen, in welche Richtung ich gehen sollte.

Zu allem Übel entwickelte Madame Tussauds schon bald eine ganz eigene, merkwürdig unwiderstehliche Anziehungskraft, die die weniger energisch in eine bestimmte Richtung Strebenden von uns in einem trägen, frustrierenden und potenziell permanenten Orbit festhielt. Manche Leute waren in diesem Job alt geworden. Andere Leute waren in diesem Job alt geworden und gestorben. Wieder andere Leute waren, könnte ich schwören, in diesem Job alt geworden und gestorben und arbeiteten immer noch dort. Mein Grund zu bleiben war selbstredend die Uniform (die Mädels fahren ab auf Museumswächter in Blazern in Einheitsgröße und mit Suppenflecken auf dem Schlips) und der verbale Schlagabtausch in der Kantine.

»Kommt dir das Würstchen bekannt vor, Larry?«, fragte Vern, ein vor komödiantischem Talent übersprudelndes Original, der seine eigene Fernsehshow verdient gehabt hätte. Stattdessen brachte er sein Leben damit zu, während der Spiele der Tottenham Hotspurs nervös auf der Toilette zu hocken und bei der Arbeit endlos Witze zu reißen, hauptsächlich auf Kosten seines miesepetrigen und meiner Meinung nach geistesgestörten Freundes Larry, eines Kanadiers, den es nach London verschlagen hatte.

»Wenn du meinst«, antwortete Larry.

»Ob du's glaubst oder nicht, Maria«, erzählte Vern der vierschrötigen Frau hinter der Theke, die breit lächelnd nahezu identifizierbare Speisen austeilte, »ich liebe diesen Kerl. Auf Ehre. Und mehr noch, ich habe Respekt vor ihm. Wirklich, Larry. Ich liebe und respektiere dich als ein menschliches Wesen. Nicht deine Schuld, dass aus dir nichts Rechtes geworden ist. Ich finde, deine Eltern haben sehr verantwortungslos gehandelt. Jeder weiß, dass Holzfäller sich nicht untereinander fortpflanzen sollten.«

»Bestellst du jetzt endlich, oder was?«, fragte der Kummer gewöhnte Larry.

»Ich bin mir immer noch nicht klar darüber, ob ich heute was Genießbares erwische. Jesses, was ist das da?« Er zeigte mit dem Finger auf den Gegenstand seines Interesses.

»Das ist gebratener Schinken, Schätzchen«, informierte ihn Maria mit unverändert breitem Lächeln.

»Heiliger Strohsack! Du meinst, das *war* gebratener Schinken. Jetzt ist es ein archäologisches Fundstück. Versteinerte Essensreste von jemandem aus Pompeji. An dem Ding werde ich mir die Zähne ausbeißen. Na ja, der Hunger treibt's rein.«

Ich setzte mich zu den beiden und zu Frank, einem weiteren Lebenslänglichen, wie man diejenigen nannte, die bei Tussauds schon halbwegs zum Inventar zählten. Frank brachte es auf mehr als zwanzig Jahre Betriebszugehörigkeit; wenn Vern und Larry darauf angesprochen wurden, pflegten sie rasch das Thema zu wechseln. Frank war damit beschäftigt, sich ein enormes warmes Frühstück einzuverleiben. Vern beobachtete ihn eine Zeit lang mit einer Mischung aus Bewunderung, Staunen und Abscheu.

»Gibt deine Alte zu Hause dir nichts zu futtern?«, erkundigte er sich schließlich. »Wenn ich so viel essen würde, käme ich nicht mehr vom Stuhl hoch.«

»Was? Meine Alte und Kochen?«, meinte Frank verdrossen. »Das meinst du nicht ernst. Um nichts in der Welt würde sie sich damit abgeben. Sie schläft bis mittags, und dann sitzt sie im Morgenmantel und mit Lockenwicklern rum und wartet darauf, dass ich nach Hause komme, damit sie herunterleiern kann, was für ein armseliger Wicht ich bin und dass sie ihre besten Jahre an mich verschwendet hat. Ich glaube, ich hasse sie mehr als jeden anderen Menschen, den ich je gekannt habe.«

»Na, wenn das nicht großartig ist«, fand Vern. »Mir wird immer ganz warm ums Herz, wenn ich höre, dass die Ehe trotz allem noch eine lohnende und beglückende Erfahrung sein kann. Nun sag uns, Freund Benton« – er wandte sich an mich – »wie hältst du's mit dem Heiraten? Irgendwelche Pläne, in näherer Zukunft den ehelichen Würgeknoten zu schlingen?«

»Weshalb sollte er?«, warf Frank ein, bevor ich antworten konnte. »Er kann sich wahrscheinlich nicht retten vor Weibern. Wetten, dass er sich jede Nacht mit einer anderen das Hirn aus dem Schädel bumst. Das machen sie doch alle. Kriegen den Hals nicht voll.«

»Was immer du tust, Ben«, Vern schaute mich mit gespielter Besorgnis an, »lass unseren guten Frank in dem Glauben. Nur das hat ihn die ganzen Jahre aufrecht gehalten.«

Aus heiterem Himmel schlug Larry mit der Faust auf den Tisch. Frank und ich zuckten zusammen, Vern nicht.

»Warum ist Maria immer so nett zu dir und so verdammt unfreundlich zu mir?«, wetterte er. »Kannst du mir das erklären?«

Anscheinend hatte er seit vorhin darüber gebrütet, obwohl man bei Larry schwer beurteilen konnte, wann er vor sich hin brütete und wann nicht, weil er meistens vor sich hin brütete, und wenn nicht, sah er so aus, als ob.

»Das liegt an meinem unwiderstehlichen Charme, du alter Miesepeter.«

»Und ich? Habe ich etwa keinen Charme?«

»Nicht, dass ich wüsste.«

»Kein übles Frühstück heute Morgen, Larry«, bemerkte Frank, noch immer mit dem Reinschaufeln von Eiern, Speck und Würstchen beschäftigt.

»Man kann's essen«, antwortete Larry düster.

»Nur mit einem Magen aus Gusseisen.« Vern nahm einen Streifen Schinkenspeck von Larrys Teller und schlug damit gegen die Tischkante. Er zersprang wie sprödes Glas. »Findest du, das ist der richtige Zustand für gebratenen Speck? Das ist nicht knusprig, Kumpel, das ist fossil.«

»Was fällt dir ein«, blaffte Larry. »Ich wollte das essen.«

»Dann sei mir dankbar. Ich habe dir vielleicht das Leben gerettet«, entgegnete Vern und nahm einen Schluck des zur Grundversorgung gehörenden Tees.

∞

Larry war ein netter Kerl, aber auch eine menschliche Ladung Dynamit, die darauf wartete hochzugehen. Irgendein Funke, keiner von uns wusste Genaueres, hatte vor Jahren die Lunte entzündet, und seither lautete die Frage nicht mehr ob, sondern wann er explodierte. Nachdem ich einmal Zeuge geworden war, wie er an seinem Spind im Umkleideraum Dampf abließ, fragte ich ihn, ob alles in Ordnung sei.

»Klar«, sagte er. »Ich war nur etwas gereizt.«

»Weswegen?«

»Überhaupt.«

∞

»Du willst wissen, was mit Larry los ist? Was seit vielen Jahren an ihm nagt?«, fragte Vern mich eines Tages. »Also gut, ich verrat's dir. Unser Larry«, er legte dem Genannten eine tröstende Hand auf die Schulter, »war der fünfte Beatle. Kein Witz, Mann. Sie haben ihn geschasst, bevor sie anfingen, groß abzusahnen, wegen seiner affenartig behaarten Unterarme, weil er kein Instrument spielen konnte und Kanadier war, wenn auch nicht notwendigerweise in dieser Reihenfolge.«

Vern zog ihn gnadenlos auf, und genau das verhinderte meiner Meinung nach, dass er eines Tages durchdrehte und Amok lief.

∞

Vern, der unzweifelhaft sympathischste Mensch, den ich in meinem bisherigen Leben kennengelernt hatte, erfreute sich nicht uneingeschränkter Beliebtheit. Eine Person zumindest gab es, die für seinen Charme nicht empfänglich war.

»Obacht«, sagte Frank plötzlich.

Wir alle schauten auf und sahen, dass Sprigett, einer der Ausstellungsleiter und ein aufgeblasener kleiner Wicht allerersten Ranges, mit wichtigtuerischer Miene auf unseren Tisch zusteuerte. Aus irgendeinem Grund erinnerte er mich immer an einen bis zum Gehtnichtmehr angespitzten Bleistiftstummel. Er war sehr stolz auf einen großen Schlüsselbund, der, wann immer man ihn traf, an seinem Gürtel klapperte.

»Warum muss ich ausgerechnet jetzt an taube Nüsse denken?«, fragte Vern.

An unserem Tisch blieb Sprigett stehen. Stumm musterte er unsere Runde mit einem verachtungsvollen Blick, dann stieß er ruckartig das Handgelenk aus der Manschette, wie gewisse aufgeblasene kleine Wichte es zu tun pflegen, wenn sie auf die Uhr schauen wollen. Er führte diese Bewegung sogar aus, wenn er ein Hemd mit kurzen Ärmeln anhatte.

»Nun, meine Herren«, sagte er, den Blick auf das Zifferblatt der Armbanduhr geheftet, als zählte er die Sekunden, was er vermutlich auch tat, »nach meiner Rechnung dauert Ihre Pause noch exakt – eine Minute. Das sind sechzig Sekunden.«

»Ist das wahr?« Vern lehnte sich behäbig zurück. »Da kann man ja in Ruhe noch ein Teechen trinken. Larry, hol uns eine Runde von dem braunen Labsal. Mein Bein streikt wieder mal.«

Sprigett kräuselte eine Seite der Oberlippe. »Ungeheuer komisch«, sagte er, machte auf dem Absatz kehrt (buchstäblich) und marschierte schlüsselklirrend wieder hinaus.

»Alberner Gockel«, kommentierte Vern den Abgang.

»Ausnahmsweise stimme ich dir zu«, sagte Larry.

»Das ist schön, alter Junge, denn die Rede war von dir. Wo bleibt übrigens mein Tee?«

»Ich gäbe was drum zu erleben, wie er einen Denkzettel verpasst kriegt«, erklärte Frank versonnen.

»Vielleicht könnten wir sammeln gehen und Larry dafür bezahlen, dass er ihn meuchelt. Was verlangst du neuerdings, Larry? Immer noch zwei fuffzich?«

»Ich würd's für umsonst machen«, sagte Larry geheimnisvoll. »Ich weiß sogar, wie ich's anstellen würde. Und keiner würde mir draufkommen. Ich habe viel darüber nachgedacht.«

»Gott steh uns bei!« Vern warf die Arme in die Höhe. »Larry, der kanadische Pate. Als Nächstes liegt ein Elchkopf in seinem Bett. Weißt du, ich befürchte, dein Gehirn wird nicht ausreichend belüftet.«

Aber Frank war neugierig geworden. »Erzähl mal, Larry«, forderte er ihn auf, »wie würdest du's denn anstellen?«

»Du darfst ihn nicht noch ermutigen, Frank! Das hätte uns gerade noch gefehlt, Larry, der eines Morgens mit einem Maschinengewehr im Hosenbein auftaucht und einem Jetzt-wird-abgerechnet-Glitzern in den Augen. Er ist so ein Typ, wenn er erst mal den Finger am Abzug hat, sagt er wahrscheinlich: ›O ja, das gefällt mir. Das bin ich!‹«

Verns Bedenken ignorierend, sprang ich Frank zur Seite. »Wie *würdest* du es anstellen, Larry?«

»Du auch, Plato? Alle sind gegen mich. Also gut, Larry. Raus damit. Wie würdest du es tun? Ihn in der Bibliothek mit dem Bleirohr erschlagen?«

Aber Larry zierte sich auf einmal. »Ich möchte jetzt lieber nicht näher darauf eingehen.«

»Würdest du dafür sorgen, dass es wie ein Unfall aussieht?«, fragte Frank gespannt.

»Natürlich.«

»Vielleicht könnte er aus dem Fenster stürzen und sich das Genick brechen«, schlug er vor. »Das würde keinen Verdacht erregen.«

»Korrekt, Frank. Passiert jeden Tag.«

»Vielleicht.« Larry gab sich zugeknöpft.

»Oder vielleicht könnte was auf ihn drauffallen und ihn zu Mus zerquetschen?«

»Grandiose Idee, Frank. Ein zu Mus zerquetschter Manager erregt keinesfalls den Verdacht, sein Ende könnte eventuell gewaltsam herbeigeführt worden sein. Ist ja nichts Besonderes. Ihr seid beide nicht mehr zu retten. Für dich habe ich noch Hoffnung, Benton, aber du stehst auf der Kippe. Nur noch ein Schritt trennt dich vom Abgrund. Ich dachte immer, ich wäre verrückt, aber ihr seid total irre. Gegen euch ist mein Wellensittich ein Intellektueller. Weißt du, was dir fehlt, Larry? Sex.«

»Ich hatte schon Sex«, verteidigte sich Larry.

»Das gehört nicht zu den Dingen, die man nur einmal im Leben tut, Larry, wie zum Beispiel auf den Champs-Élysées eine Tasse Kaffee trinken. Man soll es regelmäßig tun, weißt du, bis es anfängt, Spaß zu machen.«

»Das letzte Mal, dass ich Spaß dran hatte, war 1978«, bemerkte Frank.

»Und woran lag's?«

»Ich war mit den Gedanken woanders.«

28

Merkwürdig, aber nicht lange nach diesem Gespräch fand man Sprigett, wenn auch nicht zu Mus zerquetscht, so doch derangiert und bewusstlos am Fuß der Treppe zur Schreckenskammer. Larry, der um diese Zeit zufällig dort Dienst hatte, entdeckte ihn und holte Hilfe. Bis der Krankenwagen eintraf, hatte sich ein Großteil des Personals zwischen den Strangulierten und Ausgeweideten eingefunden, nicht aus Anteilnahme, sondern um den aufgeblasenen kleinen Wicht derangiert und bewusstlos am Fuß der Treppe liegen zu sehen.

Und anfangs bestand auch kein Verdacht, etwas könne nicht mit rechten Dingen zugegangen sein.

∞

»Was meinst du damit, was habe ich getan?«, fragte Larry am selben Tag beim Mittagessen.

»Es hat keinen Zweck, sich dumm zu stellen, Larry«, sagte Vern. »Du hast schon die ganze Woche dieses mörderische Glitzern in den Augen gehabt. Du hast ihn kaltgemacht, stimmt's, du abgebrühter kleiner Mordbube, du. Aber keine Sorge, dein Geheimnis ist bei mir gut aufgehoben.«

»Red keinen Blödsinn. Er ist gestolpert.«

»Sehr überzeugend, Larry. Bleib bei der Geschichte, und alles wird gut.«

Larry lief puterrot an. »Denkst du etwa, ich hätte ihn gestoßen? Aber klar, Vern«, sagte er etwas zu laut, »ich konnte den Saukerl nicht ausstehen, deshalb habe ich ihn die Treppe runtergestoßen.«

Er schob sich eine große Gabel voll Hackfleischpastete von gummiartiger Konsistenz in den Mund, und erst nachdem er eine ganze Weile lang angestrengt gekaut hatte, fiel ihm die unnatürliche Stille auf, die ihn umgab. Er hob den Blick. Die gesamte Kantine, Messer und Gabel in der Hand, starrte glubschäugig und mit offenem Mund in eine Richtung, in *seine*.

»Habe ich was gesagt?«

∞

Die Polizei stellte einige Nachforschungen an, aber nur bis Sprigett wieder zu sich kam und den Sachverhalt aufklärte. In der Zwischenzeit schwitzte Larry Blut und Wasser, aber wir wussten natürlich, dass er nichts damit zu tun hatte. Zumindest waren wir ziemlich sicher, dass er nichts damit zu tun hatte. Wir alle, ausgenommen Frank.

»Alle Achtung, Larry«, sagte er, dummerweise im Beisein von einem halben Dutzend Zeugen und eines der ermittelnden Beamten, »ich bin beeindruckt! Ich hätte nie gedacht, dass du wirklich Ernst machen würdest.«

∞

Sprigett war bald vollständig genesen und kehrte an seinen Arbeitsplatz zurück, aber wie sich zeigte, nicht für lange. Er wurde von Butlins abgeworben, als Leiter eines ihrer Ferienlager.

Natürlich machten wir uns lustig darüber, und natürlich war und blieb er ein aufgeblasener kleiner Wicht, was jedoch nichts an der Tatsache änderte, dass niemand versuchte, mich abzuwerben oder Vern oder Larry oder gar Frank, nicht einmal für Butlins Ferienlager.

»Weißt du, manchmal liege ich nachts wach und denke darüber nach, was die Zukunft für mich bereithält«, wandte sich Vern eines Tages an mich, nicht lange bevor ich endlich kündigte, »und in der düstersten Stunde wird mir klar, es ist das hier.« Dann stellte er mir die Frage, die mich veranlasste, nicht länger zu zögern. »Verrat mir, Ben«, begann er und rührte in seiner zigtausendsten Tasse mit dünnem, lauwarmem Kantinentee, »was tust du eigentlich hier?«

»Was meinst du?«

»Du hast als Aushilfe für den Sommer angefangen, stimmt's? Wie lange ist das her? Mittlerweile zwei Jahre?«

»Drei.«

»Schau mal aus dem Fenster. Es schneit.«

∞

Ein paar Jahre nach meinem Weggang gewann Vern groß im Fußballtoto und kaufte sich eine Bar auf irgendeiner winzig kleinen griechischen Insel. Er hatte nicht viele Gäste, aber das war ihm recht, er liebte es ruhig und beschaulich. Er kaufte sich auch eine Jacht, lernte Segeln, und wenn ihm danach war, machte er zu und fuhr für ein paar Tage oder Wochen aufs Meer hinaus. Typisch für ihn: Er hatte Larry und Frank mitgenommen.

Dieses neue Leben machte aus Larry einen anderen Menschen.

»Er hat sogar manchmal Sex«, schrieb mir Vern, »und seine Schläfenadern sind kaum noch geschwollen.«

Frank hingegen schien seine Frau zu vermissen.

29

Als ich Cassie kennenlernte, hatte sie eine Katze oder vielmehr, sie hatte bis vor ganz, ganz kurzem eine Katze *gehabt*. Sekunden vor dieser ersten Begegnung beschloss eben diese Katze aus nur ihr selbst bekannten Gründen, durch ein offenes Wohnzimmerfenster im vierten Stock zu springen. Wie sich bei einem späteren Ortstermin herausstellte, hatte sie offenbar das Sofa als Sprungbrett benutzt und war glatt durch das Fenster hindurchgesegelt, ohne auch nur den Rahmen zu streifen.

Ich, der ich zur selben Zeit unten vorbeispazierte, hätte sie fast aufgefangen – aber eben nur fast.

Kaum war sie unten gelandet – übrigens *nicht* auf allen vieren, egal, was man von Katzen behauptet –, da erschien Cassies Kopf in demselben offenen Wohnzimmerfenster im vierten Stock, und es ertönte der herzzerreißende Aufschrei:

»Flauschiiiiie!«

...

Nein, leider nicht mehr.

∞

Weil ich keine Ahnung hatte, was ich sonst zu jemandem sagen sollte, dessen Katze soeben vor meinen Füßen dramatisch zu Tode gekommen war, rief ich nach oben: »Bleiben Sie da. Ich bringe sie zu Ihnen hinauf.«

Sie nahm es schwer, verständlicherweise, und noch verständlicher, nachdem ich die ganze Geschichte gehört hatte. »Ich habe nur eine Sekunde nicht hingeschaut«, klagte sie. »Und ich dachte ohnehin, das Fenster wäre zu weit oben.«

»Sie dürfen sich nicht die Schuld geben«, sagte ich. »Es war ein dummer Unfall.«

»Aber es war kein Unfall.« Sie wiegte Flauschie in den Armen. In einer Anwandlung von Takt hatte ich die Dahingeschiedene in meine Jacke gewickelt, bevor ich sie ihrem Frauchen aushändigte. »Ich habe vermutet, dass sie so etwas vorhaben könnte.«

»Sie haben vermutet, dass sie plant, aus dem Fenster zu springen?«

»Ich wusste nicht genau, wie sie es tun würde, aber mir war klar, sie würde es wieder versuchen.«

»Was?«

»Sich umzubringen, was sonst.«

Was sonst.

»Wie kommen Sie auf die Idee, Flauschie hätte Selbstmord begangen?«, erkundigte ich mich. Gleichzeitig überlegte ich, ob ich bei einem so ausnehmend attraktiven Mädchen eine Chance hätte und wenn ja, ob es klug wäre, diese Chance zu nutzen. Schließlich behauptete sie, ihre Katze habe Selbstmord begangen und es sei nicht einmal der erste Versuch gewesen. In meinen Augen legte das den Verdacht nahe, sie könnte nicht ganz bei Trost sein, was einen Anbandelungsversuch nicht geraten erscheinen ließ, auch wenn sie noch so niedlich war.

»Es ist schon einmal passiert«, antwortete sie.

∞

Wie sich herausstellte, konnte Cassie auf eine längere Reihe selbstmörderisch veranlagter Haustiere zurückblicken:

1.) einen Kanarienvogel, der es fertigbrachte, sich zwischen den Stangen seines Käfigs zu erwürgen,

2.) einen Hamster, den sie erstickt in ihrer Wäscheschublade entdeckte, und

3.) einen Irish Setter, der, statt den Stock zu apportieren, den sie für ihn ins seichte Wasser geworfen hatte, immer weiter aufs offene Meer hinausschwamm.

»Und jetzt Flauschie«, schniefte sie.

»Nun ja …« Ich dachte, wie vorteilhaft die burschikose Kurzhaarfrisur ihren schlanken Hals und ihr koboldhaftes Gesicht zur Geltung brachte, und, unnötig zu erwähnen, stellte mir vor, wie sie nackt aussah. »Ich bin überzeugt, es liegt nicht an Ihnen. Und davon abgesehen, Sie können doch gar nicht sicher sein, dass es sich jeweils um Selbstmord gehandelt hat. Die Ärmsten werden kaum einen Abschiedsbrief hinterlassen haben, oder? Oder?«

Hatten sie nicht, aber meine tröstenden Worte zeigten nicht die erwünschte Wirkung, und im Handumdrehen saß ich wie auf glühenden Kohlen einer wunderschönen Fremden gegenüber, die heiße Tränen um ihre jüngst verstorbene Katze vergoss, während ich mir den Kopf darüber zerbrach, wie ich mit Anstand aus dieser Situation herauskam, zur Not auch unter Verzicht auf meine als Flauschies Leichentuch dienende Jacke.

Was ich endlich herausbrachte, war: »Hm.«

Dann: »Äh …«

Und: »Na gut.«

Und schließlich, einigermaßen passabel: »Also ich denke, ich werde dann mal gehen.«

Sie fasste sich so weit, dass sie, Flauschie immer noch auf dem Arm, im Stande war, mich zur Tür zu begleiten.

»Sie sind sehr freundlich gewesen«, sagte sie.

»Nicht der Rede wert.«

»Sie müssen mich für verrückt halten.«

»Ganz und gar nicht«, log ich. »Ich habe schon Verrückteres gehört, als dass eine Katze Selbstmord begangen haben soll.«

»Ich meinte, weil ich mich so hysterisch aufgeführt habe.«

»Ach so. Sie hätten mich erleben sollen, als meine Goldfische gestorben sind.«

»Du liebe Güte. Wann war das?«

»Als ich sechs war. Sie wurden ermordet.«

»Wie furchtbar.«

»Zerquetscht«, fügte ich hinzu, dann fiel mir Flauschie ein. »Tut mir leid.«

»Schon gut.«

Es sah nicht danach aus, als ob sie es erwähnen würde, deshalb brachte ich die Sprache darauf, bevor ich den gefühlten Rest meines Lebens mit ihr und ihrer toten Katze hier im Hausflur fristete.

»Machen Sie sich keine Gedanken wegen der Jacke«, sagte ich und zeigte auf das Bündel in ihren Armen.

»Lieber Gott, Ihre Jacke! Das ist mir gar nicht aufgefallen. Sie ist bestimmt hin.«

»Egal.«

»Das ist nicht egal. Ist sie aus Leder?«

»Wildleder.«

»Ich lasse sie reinigen.«

»Das ist nicht nötig«, wehrte ich ab.

»Aber ja doch. Ich bestehe darauf.«

»Na gut.«

»Wollen Sie vorbeikommen und sie abholen, oder soll ich sie irgendwohin schicken?«

»Ich komme vorbei.«

»Es könnte ein paar Tage dauern. Wildleder ist problematisch.«

»Ja, ich weiß.«

Sie senkte den Blick auf das in Wildleder gehüllte Bündel in ihren Armen. An einem Ende lugte Flauschis Kopf heraus. Soweit möglich bei einer Katze, die eben in angeblich selbstmörderischer Absicht aus einem Fenster im vierten Stock gesprungen war, sah sie friedlich aus, beinahe, als ob sie schliefe. Nur dass ihr die kleine rosa Zunge seitlich aus dem Mäulchen hing, störte den Eindruck, sowie eine allgemeine Tendenz in Richtung Zweidimensionalität.

»Hoffentlich kommt sie wieder in Ordnung,« sagte sie, und ihre Unterlippe begann zu zittern.

Ich meinerseits hoffte, dass sie nicht die Katze meinte und damit meinen Verdacht, ihren Geisteszustand betreffend, bestätigte. »Ich könnte die Jacke auch jetzt gleich mitnehmen«, schlug ich vor und fügte hastig hinzu, als sie wieder zu schluchzen anfing: »Oder Sie können sie behalten. Ich habe jede Menge Jacken. Die hier wollte ich ohnehin aussortieren. Ich trage sie so gut wie nie. Keine Ahnung, weshalb ich sie heute angezogen habe. Sie hat mir von Anfang an nicht richtig gefallen. Wirklich, Sie sollten sie behalten – nein, nicht behalten, Sie wollen sie ja bestimmt nicht tragen, nachdem Flauschie… nun ja, Sie wissen schon. Was ich meine, ist, dass Sie die Jacke vorläufig behalten können, und wenn Sie irgendwann wollen, werfen Sie sie weg. Oder auch nicht. Egal.« Zu allem Übel hatte sie jetzt ihr tränenüberströmtes Gesicht in der Jacke vergraben und weinte noch heftiger. »Ich weiß«, brabbelte ich unsinnigerweise. »Ich komme irgendwann nächste Woche vorbei. Wäre Ihnen das recht?« Kaum, dass ich glaubte, ein Kopfnicken erkannt zu haben – vielleicht war es auch nur ein Schluchzen, das sie erschütterte –, riss ich die Tür auf und floh.

∞

Die Jacke wurde, wie Flauschie, nie wieder die Alte. Fast wäre ich nicht hingegangen, um sie zu holen. Was endlich meine Zweifel besiegte, war der Gedanke, dass diese junge Frau nach aller Wahrscheinlichkeit vollkommen normal war und ich sie leider unter ungünstigen Umständen, nämlich in einer emotionalen Ausnahmesituation, kennengelernt hatte. Dass sie Mühe und Unkosten auf sich genommen hatte, um meine Jacke reinigen zu lassen, und nun darauf wartete, dass ich sie abholte. Und dass die wenn auch vage Möglichkeit bestand, sie ins Bett zu kriegen.

∞

Flauschie wurde nicht ersetzt oder vielleicht doch, durch mich, aber ungeachtet unserer gemeinsamen Ängste vor Selbstmord, respektive Mord, schafften wir uns ein neues Haustier an. Sogar zwei.

30

Wir tauften sie Bing-Bong und Funkel, und sehr schnell waren sie ihrem ersten Behälter entwachsen und zogen um in eine luxuriöse Behausung mit Panoramablick auf sowohl Wohnzimmer als auch Küche und Aussicht auf einen Teil des Flurs.

Die Volksweisheit behauptet, dass Goldfische eine Gedächtnisspanne von nur drei Sekunden haben und sich niemals langweilen, denn nach einer Runde durch ihr Becken haben sie schon wieder vergessen, wo sie gewesen sind, und können erneut losschwimmen, immer neuen Abenteuern entgegen. Nicht nur ist das eine schändliche Verleumdung aller Goldfische, sondern könnte, wie jeder bestätigen wird, der sich je eingehender mit seinen Fischen beschäftigt hat, nicht weiter von der Wahrheit entfernt sein.

Mögen sie auch nicht auf der Liste der zehn intelligentesten Tiere stehen (worauf übrigens das verachtete Schwein einen erstaunlichen zehnten Platz belegt), entwickeln sie sich bei liebevoller Pflege (und sofern ihnen nicht das Unglück zustößt, von fischhassenden Psychopathen zertreten zu werden) zu außerordentlich umgänglichen Haustieren, mitsamt den dazugehörigen individuellen Marotten und Eigenheiten. Sie mögen diese Musik und die andere nicht – es gibt Rock-Fische und Klassik-Fische und wahrscheinlich auch Drum-'n'-Bass- und Death-Metal-Fische. Sie können melancholisch und launenhaft sein oder verspielt und übermütig wie junge Hunde, und erwiesenermaßen sind sie im

Stande, Menschen, die sie kennen, von solchen, die sie nicht kennen, zu unterscheiden, hingegen verwechseln sie gelegentlich Essbares mit ihren Exkrementen, die sie irrtümlich verschlucken, aber fast immer sofort wieder ausspucken.

∞

Ich hätte gleich weiterzappen sollen, als die Sendung anfing, aber ich war einfach nicht auf dem Quivive. Es ging um Wale, mit dem Schwerpunkt auf der Frage, aus welchem Grund einzelne Vertreter dieser Spezies oder auch ganze Schwärme den Drang verspüren, an irgendwelchen Küsten zu stranden, und sogar hartnäckig wieder zurückkehren, nachdem man sie unter vielen Mühen aus ihrer misslichen Lage befreit hat. Das alles ungeachtet der ihnen zugebilligten Intelligenz und obwohl man ein solches Verhalten beim besten Willen nicht als besonders pfiffig bezeichnen kann. Nach einer Stunde waren mir ihre Beweggründe immer noch keinen Deut klarer, nur dass es eventuell mit irgendwelchen gesichts- und namenlosen militärischen Wissenschaftsexperten zusammenhängen könnte, die angeblich rund um die Uhr damit beschäftigt sind, immer neue abscheulich perfide Methoden auszutüfteln, um abscheulich perfide Dinge zu tun, aber der Anblick der vielen in der Sonne dörrenden Wale weckte in mir ein Bedürfnis nach Feuchtigkeit, und ich ging hinaus, um mir ein Bad einzulassen.

∞

Vom zartesten Kindesalter an wurde mir und meinen Brüdern eingeprägt, dass wir unter keinen Umständen in der Badewanne einschlafen dürften. Sie würde uns zum feuchten Grab. Sogar jemand, der ohne sich vorzudrängen auf einen Platz in einem der Rettungsboote der Titanic wartete, hatte bessere Überlebenschancen als *ein unartiger Junge, der nicht hören will und in der Badewanne einschläft*! Da gab es nichts zu deuteln: Schlaf ein in der Badewanne und gute Nacht für immer.

»Du bist nicht eingeschlafen da drin?«, pflegte unsere Mutter, wann immer einer von uns ein Bad nahm, im Minutenabstand von dort zu rufen, wo sie im Haus gerade beschäftigt war.

»Keine Chance, solange eure Mutter in der Nähe ist«, witzelte unser Vater.

Eines Tages jedoch beschloss ich, die bisher stillschweigend als unumstößlich akzeptierte Familienweisheit in Frage zu stellen.

»Aber wenn man einschläft und taucht unter, würde das Wasser einen nicht aufwecken?«, fragte ich.

»Du kannst es ja mal drauf ankommen lassen, dann wirst du schon sehen«, lautete die düstere Antwort meiner Mutter.

Selbstverständlich war ich nie mutig (oder dumm) genug, meine Theorie in der Praxis zu erproben, und verbrachte als Kind meine Zeiten in der tückischen Wanne aufrecht sitzend und hellwach. Auch wenn ich später als Erwachsener in der Wanne einduselte (die entspannende Wirkung aromatischer Badezusätze und eines langweiligen Buchs gewann mit der Zeit die Oberhand über die mütterlichen Ermahnungen), schrak ich gleich wieder hoch und rang nach Luft.

∞

Ich schrak hoch und rang nach Luft. »Ich muss damit aufhören«, sagte ich zu mir selbst und sank zurück in das wohlig warme Wasser. Diese Wale mussten verrückt sein, befand ich, und automatisch wanderten meine Gedanken zu *Moby Dick*, mein Badebuch in den letzten drei Jahren und mittlerweile fast als Türstopper zu gebrauchen, weil infolge wiederholten Eintunkens zu ungefähr doppelter Dicke aufgequollen. Nach diesen drei Jahren Lektüre hatte ich es noch immer nicht bis zu der Stelle geschafft, wo die *Pequod* die fabulöse Kreatur sichtet, ganz zu schweigen von einem irgendwie gearteten Kontakt zwischen den Kontrahenten. Das einzige andere Buch, bei dem ich über einen ähnlichen Zeitraum hinweg nicht die letzte Seite erreicht hatte, war *Vom Ursprung der Arten*, früher einmal meine Bettlektüre. Ich brauchte fast ein Jahr, um über die Tauben hinauszukommen, aber wenigstens wusste ich ziemlich genau, wie es endete.

»Also gut, Ismael«, sagte ich, »du windiger Typ. Ich gebe dir zehn Minuten, um mit deinen Lobeshymnen auf Walspecksteaks fertig zu werden, sonst war's das mit uns.«

Ich friemelte an der entsprechenden Stelle die welligen Seiten auseinander und legte mich zurück. Gerade wollten mir über den Walspeckrezepten ohne Ende die Augen zufallen, als ich glaubte, aus einem der anderen Zimmer ein Geräusch zu hören.

Um genau zu sein, ich glaubte, eine Stimme zu hören.

Ich lauschte.

Nichts.

Dann hörte ich es wieder.

Keine Stimme, ein Stimm*chen*, zart, kaum vernehmlich, gleichzeitig voller Verzweiflung, Panik sogar.

»Hilfe! Hilfe!«, sagte es. *»Er ertrinkt!«*

Zuerst glaubte ich zu träumen. Dann dachte ich, ich hätte den Fernseher angelassen. Danach ging mir auf, dass ich nicht träumte und auch der Fernseher nicht lief, dafür hatte ich vergessen, nach der letzten Fütterung den Deckel wieder auf das Aquarium zu legen. Ich sprang aus der Wanne, als hätte jemand einen Toaster hineingeworfen (obwohl ich in dem Fall nur ein bisschen gezuckt und gebrutzelt hätte und nirgendwohin gesprungen wäre).

Als ich nackt und triefend in die Küche stürmte, rutschte ich mit den nassen Füßen auf dem Linoleumboden aus und fiel hin: ein Mann-tritt-auf-Bananenschale-Klassiker von solch begnadeter Perfektion, dass Buster Keaton vor Glück geweint hätte. Für ein paar Augenblicke lag ich da auf dem Rücken, halb betäubt, orientierungslos, allüberall von Schmerzen gepeinigt, und starrte an die Decke. Mir fiel auf, dass ich beim Anstreichen kürzlich ein Stück der Randleiste vergessen hatte, dann fragte ich mich, was ich eigentlich hier wollte, hüllenlos auf dem Küchenfußboden ausgestreckt und die Decke anstarrend, und dann erinnerte ich mich.

»Hilfe! Hilfe! Er ertrinkt!«

Da war das Stimmchen wieder und klang noch drängender als zuvor. Ich rappelte mich auf und rannte zum Aquarium. Funkel, der aufgeregt an der Wasseroberfläche auf und nieder tanzte, vollführte – ich schwöre! – bei meinem Anblick einen Salto rückwärts vor Freude. Außerhalb des Beckens zappelte Bing-Bong in einer kleinen Pfütze und schnappte nach Luft wie der sprichwörtliche Fisch auf dem Trocknen.

Ich hob ihn auf, so behutsam wie möglich, und ließ ihn zurück ins Wasser gleiten. Er sah ein wenig überrascht aus, aber im Großen und Ganzen erfreut über die Rückkehr in sein angestammtes Element.

Ich setzte den Deckel auf das Aquarium und ließ mich aufs Sofa fallen. Mein Herz schlug Trommelwirbel, zur Beruhigung versenkte ich mich in den Anblick meiner beiden Schützlinge. Funkel schoss durch das Becken wie ein golden schimmernder Torpedo; Bing-Bong zog seelenruhig seine Kreise, als wäre nichts und schon gar nichts Ungewöhnliches vorgefallen.

Aber ich wusste Bescheid, ich hatte es gesehen.

Oft war ich am Bildschirm Zeuge gewesen, wie Skippy das Känguru es tat und wie Lassie es tat, und heute hatte ich erlebt – live! –, wie Funkel es tat:

Er hatte den Tag gerettet.

31

Zu der Zeit, als ich Cassies Straße entlangschlenderte und beinahe ihre Katze aufgefangen hätte, wohnte ich in einer ziemlich düster aussehenden Bruchbude in Cricklewood, vor Jahren Kulisse eines kuscheligen kleinen Films namens *Hellraiser*. Da ich kein ausgesprochener Fan von Horrorfilmen bin (ausgenommen Produktionen der Hammer-Studios, in denen sexy lesbische Vampire mitspielen), hatte ich ihn nie gesehen, doch eines Abends holten wir ihn uns auf Cassies Drängen aus der Videothek.

Ich gebe zu, es war eine extrem beunruhigende Erfahrung zu verfolgen, wie auf dem Bildschirm die üblichen als Schlachtopfer auserkorenen Kandidaten auf alle möglichen grausig erfinderischen Arten abgemurkst wurden, wie ihr Blut durch die Ritzen des Dielenbodens sickerte, um einer darunter hausenden alptraumhaften Kreatur als Nahrung zu dienen, und dabei zu wissen, dass dieselben Dielen, unter welchen sich das Blut sammelte und das Grauen Gestalt annahm, meine eigenen waren, auf denen ich täglich herumspazierte, manchmal barfuß. Cassie hielt es für einen großartigen Witz, ich hingegen war bedient.

»Ich glaube, ich muss bei dir einziehen«, sagte ich zu ihr, nur halb im Scherz.

»Okay«, gab sie zurück.

Und am nächsten Tag schafften wir meine Habseligkeiten nach Bayswater, in ihre Wohnung im vierten Stock.

So ganz plötzlich kam dieser Umzug nicht, denn ich wohnte seit einigen Wochen mehr oder weniger bei ihr, genauer gesagt seit dem Abend, als wir im Theater gewesen waren, um *Cats* zu sehen (etwas prekär im Licht der noch nicht lange zurückliegenden tragischen Ereignisse), und anschließend bei einer Karaoke-Veranstaltung im Pub zweistimmig alte Schlager gesungen hatten.

Aber jetzt war es offiziell.

∞

Vorher hatte ich noch nie mit jemandem zusammengewohnt, außer natürlich mit Hermann. Und Bob. Hermann und ich waren zusammen auf dem College gewesen, ein Lebensabschnitt, der noch mehr als die übrige Vergangenheit einem fremden Land gleicht. Soll heißen, wir entwickeln nicht bloß ein ganz eigenes Verhaltensmuster für diese spezielle Phase, sondern vieles von dem, was wir dort tun und sagen, ist an Schwachsinnigkeit kaum zu überbieten. Zum Beispiel hatte Hermann die Hälfte von Shakespeares gesammelten Werken verschlungen, und zwar im Wortsinn, d.h. aufgegessen, motiviert von der These der Verinnerlichung von Genius. Er hatte außerdem zwei überzählige Zehen und große literarische Ambitionen (sowohl was das Schreiben als auch den Verzehr anbetraf) und neigte zu rhetorischen Ausschweifungen wie: »Aischylos! Shakespeare! Ibsen! Beckett! Männer mit Visionen! Mit Integrität! Männer mit Tiefsinn und analytischem Scharfblick. Männer, die willig jeden Schmerz ertragen hätten, jede Qual, die Entbehrungen, Unbill und Widrigkeiten erduldet haben würden, nein, sogar begrüßt. Um ihrer Kunst willen, ihrer Berufung, ihrer heiligen Pflicht der Menschheit gegenüber! ... Ich bin der Erbe dieser langen und ruhmreichen Tradition. Ich bin der direkte Nachkomme dieses edlen Geschlechts. Ich, Hermann Skag, bin ein ernsthafter Autor!« Diese und ähnliche Tiraden ließ er vorzugsweise dann vom Stapel, wann immer Trivialitäten wie Miete, Hausarbeit, Vorlesungen oder Körperpflege zur Sprache kamen. Da auch ich bezüglich der Punkte eins bis drei keinen besonderen Enthusiasmus an den Tag legte (allerdings wusch ich mich regelmäßig), war unser Dasein geprägt von drohender Obdachlosigkeit, schleichender Verschmuddelung und periodischem verzweifeltem Büffeln, damit wir uns auf die letzte Minute den bisher ignorierten Lehrstoff einpaukten.

Und dann, eines Tages (so um den Zeitpunkt von Mark Antons Grabrede für Julius Cäsar herum, wenn mich die Erinnerung nicht trügt), klingelte es an der Tür.

Ich machte auf, und vor mir stand ein Fremder, ein befremdlicher Fremder zudem, etwa in meinem Alter, in der einen Hand einen abgewetzten Koffer, in der anderen einen nicht weniger abgewetzten Geigenkasten. Bevor ich etwas sagen oder tun konnte, war er an mir vorbei in die Wohnung getreten, stellte den Koffer ab, nahm den Geigenkasten in die andere Hand und streckte die nun frei gewordene Rechte zur Begrüßung aus.

»Bob!«, stellte er sich vor.

»Verzeihung?«

Beim Klang meiner Stimme drehte er sich herum, denn bis jetzt hatte er mit dem Rücken zu mir gestanden und die Hand ins Leere gestreckt.

»Ich bin Bob.«

Der nun möglich gewordene Händedruck fiel von meiner Seite etwas zögernd aus.

»Hallo, Bob. Ich bin Benton.«

»Hallo, Benton«, sagte er.

»Und das ist Hermann.« Ich deutete mit dem Kopf zum Sofa.

»Wer? Wo?«, fragte Bob.

»Hier drüben, auf dem Sofa«, meldete sich Hermann.

Bob schwenkte den Arm in die entsprechende Richtung und ließ ihn dann sinken, als winkte er einem Schiff auf hoher See.

»Tag, Hermann«, rief er heiter.

»Tag, Bob«, rief Hermann zurück und fragte mich dann mit stummen Lippenbewegungen: »Wer zum Teufel ist das?«

Ich zuckte die Schultern.

»Also ... Bob?«, wandte ich mich an den seltsamen Besucher.

»Ja, Benton?«

»Was ... was können wir für dich tun?«

»An was dachtest du denn?«, fragte er zurück.

»Tja, ich weiß nicht so genau. Was meinst du, Hermann?«

»Vielleicht bringen wir ihm ein Glas Wasser, damit er seine Pillen runterspülen kann?«, schlug Hermann vor.

»Nein, danke, ich brauche nichts. Wirklich. Ich möchte nicht, dass ihr glaubt, ich würde euch zur Last fallen. Mit mir ist sehr leicht auszukommen. Ich bin überzeugt, ich werde hier sehr glücklich sein.«

»Glücklich?«, fragte ich.

»Hier?«, fragte Hermann.

Bob schaute sich um. »Soweit ich erkennen kann, ist es sehr gemütlich.« Er tat einen Schritt vorwärts und stieß gegen den Bücherschrank. »Übrigens, wollt ihr die Miete gleich bar auf die Hand? Einen Monat im Voraus, richtig?«

Dass seltsame bis sehr seltsame Gestalten an unserer Tür

auftauchten, kam durchaus gelegentlich vor. Einmal klingelte ein Kerl, bekleidet mit einem Müllsack und mit einer Fliegerbrille aus dem Ersten Weltkrieg im Gesicht, und wollte wissen, ob er seinen Wigwam auf unserer Schwelle errichten dürfe. Als ich ihm sagte, der Platz sei für sein Vorhaben ein wenig beschränkt, erwiderte er, es sei nur ein ganz kleiner Wigwam.

Wir hatten sogar einen Stamm-Irren. Alle paar Wochen klopfte es an der Tür, wir machten auf, und er sprang hinter einem Busch hervor, nackt bis auf die Unterhose, und schrie: *»Shazam!«*

Dass die Übergeschnappten uns Geld anboten, war eine neue und interessante Entwicklung. Uns beiden dämmerte in etwa gleichzeitig, dass es sich nicht um einen Geisteskranken mit dicker Brieftasche handelte, sondern um ein Missverständnis, doch während ich gesonnen war, unseren Möchtegern-Mitbewohner mit einem raschen Schubs zur Tür hinauszubefördern, hatte Hermann andere Vorstellungen.

»Um ehrlich zu sein, Bob«, sagte er, »zwei Monate im Voraus wären besser.«

∞

Unglücklicherweise hatte die Wohnung nur zwei Schlafzimmer, von denen eins mir gehörte, als ich aufs Klo ging; als ich wieder herauskam, gehörte es Bob.

»Und wo soll ich bitte schlafen?«

»Das Sofa ist wahrscheinlich das am wenigsten unbequeme Möbelstück, deshalb würde ich an deiner Stelle dort schlafen.«

»Und warum tust *du's* nicht?«

»Weil Bob nicht in mein Zimmer eingezogen ist.«

»Und wann ist das entschieden worden? Als ich auf dem Klo war. Schwerlich ein demokratischer Beschluss.«

»Du hast beschlossen, aufs Klo zu gehen«, beendete Hermann die Diskussion.

∞

Ich erwachte jäh, wie jemand, der mitten in der Nacht aus dem Schlaf gerissen wird, weil ein vollkommen Fremder dicht neben seinem linken Ohr urplötzlich Vivaldis *Vier Jahreszeiten* zu fiedeln beginnt, und zwar *molto furioso*. Gut, Bob war kein vollkommen Fremder, denn schließlich hatte er zwei Monatsmieten im Voraus abgedrückt und damit das Privileg erworben, in dem Bett zu schlafen, das vor ganz kurzer Zeit noch meins gewesen war.

Meine erste Handlung bestand darin, vom Sofa zu fallen.

Bevor ich mehr tun konnte, als mit dem Hinterkopf auf dem Boden aufzuschlagen, ging das Licht im Wohnzimmer an.

»Was zum Teufel ist hier los?«, verlangte Hermann zu wissen. Das fettige, ungewaschene Haar sträubte sich um seinen Kopf wie das Stachelkleid eines erzürnten Igels.

Knapp einen Meter von meinem linken Ohr entfernt stand im Adamskostüm unser neuer Untermieter und bearbeitete seine Geige, als hinge der nächste Sommer davon ab. Aus gutem Grund – ich saß dicht neben ihm auf dem Boden, er war unbekleidet und hatte einen Ständer (so sehr liebte er Vivaldi!) – erhob ich mich schleunigst und flüchtete zu Hermann, der mittlerweile das Spektakel mit abgeklärtem Staunen betrachtete.

»Er spielt im Schlaf Geige«, stellte er resigniert fest. »Die Antwort auf all unsere finanziellen Nöte spielt im Schlaf Geige.«

»Ich hätte fast einen Herzschlag gekriegt«, beklagte ich mich.

»Bob?«, sagte Hermann vorsichtig. »BOB?«

»Es soll gefährlich sein, Schlafwandler zu wecken.«

»Er wandelt ja nicht, er steht nur da.«

»Und wenn er gewalttätig wird? Ich habe gehört, dass das passieren kann.«

»Wir sind schließlich zu zweit.«

»Aber ein plötzlich aufgeweckter Schlafwandler hat die Kraft von zehn Männern«, gab ich zu bedenken.

»Woher hast du diesen ganzen Blödsinn?«

»Hier und da aufgeschnappt.«

Nebenan wurde mit den Fäusten an die Wand getrommelt, und eine wütende Schluss-mit-dem-Krawall-zu-nachtschlafender-Zeit-Stimme ließ sich vernehmen. »He, Vivaldi!«, röhrte sie. »Ruhe jetzt, verdammt noch mal!«

»Vivaldi. Na klar«, sagte Hermann. *»Die vier Jahreszeiten.«*

»Ich weiß«, entgegnete ich.

»Er ist ziemlich gut.«

Plötzlich riss eine Saite, und augenblicklich hörte Bob auf zu spielen. Er verstaute die Geige im Kasten, hob ihn auf, kehrte in sein (vor kurzem noch mein) Zimmer zurück und schloss die Tür hinter sich.

∞

Am nächsten Morgen, beim Frühstück, erfuhren wir von Bob, dass er sich nicht erinnern könne, je so gut geschlafen zu haben.

»Wirklich?«, fragte ich. »Du warst nicht etwas – unruhig?«

»Gar nicht. Ich habe geschlafen wie ein Baby. Nun kann ich verstehen, was Hermann meinte, als er mir erzählte, warum du bereitwillig dein Bett hergibst.«

»Aha. Und warum?« Ich streckte ein Bein aus, um Hermann, der sich unauffällig in Richtung Tür bewegte, am Verlassen des Zimmers zu hindern.

»Weil es dir zu behaglich ist«, antwortete Bob.

»Wie bitte?«

»Weißt du nicht mehr?« Hermann hatte seinen Fluchtversuch aufgegeben. »Du hast mir gesagt, du schläfst nachts so gut, dass du gar keine Lust mehr hast auszugehen. Dass du auf einer Party bist und dich prima amüsierst, und dann musst du plötzlich daran denken, wie gemütlich dein Bett ist, und du machst dich sofort auf, um in die Federn zu kommen.«

Bevor ich ihm eine angemessen markige Antwort geben oder ihm vielleicht einfach markig in die Eier treten konnte, meldete Bob sich wieder zu Wort. »Ich war letzte Woche auf einer Party«, bemerkte er. »Wenigstens glaube ich, dass es eine Party war.«

»Und?«, fragte Hermann nach längerem Warten.

»Was meinst du, Hermann?«

»Wie ich sehe, trägst du heute Morgen eine Brille.«

»Ja, sie hat mich in die Lage versetzt, die Küche zu finden. Ihr habt es gestern vielleicht nicht bemerkt, aber meine Sehkraft ist ein klein wenig eingeschränkt.«

»Ach was?«, sagten wir wie aus einem Munde.

»Aber ich bin sehr intuitiv. Ich erspüre meine Umgebung. Eigentlich brauche ich die Brille gar nicht«, erklärte er, nahm sie ab und legte sie in seine Müslischüssel. »Wie man sieht.«

Er tastete suchend auf dem Tisch herum, bis ich die Brille leise, leise aus dem Müsli herausfischte und in der Nähe seiner Hand platzierte. Er fand sie und setzte sie auf. Ein paar Tropfen Milch liefen seitlich an seiner Nase hinunter.

»Dann bist du also Musiker?«, fragte ich.

»Stimmt.«

»Du musst bestimmt viel üben«, warf Hermann ein.

Bob schaute uns ernsthaft an. »Ich weiß, was ihr denkt. Ihr denkt: Musiker – üben – vorbei ist's mit Ruhe und Frieden. Nun, keine Angst. Ihr habt nichts zu befürchten.« Er ließ eine Kunstpause entstehen, dann fügte er in einem Ton, als ginge es um die Enthüllung eines großen Geheimnisses, hinzu: »Ich tu's nicht.«

»Du tust was nicht?«, wollte ich wissen.

»Üben.«

»Du übst nicht?«

»Nie«, bestätigte er.

»Nie?«

»Nie.« Ein Ausdruck fast entrückten Staunens trat auf sein Gesicht.

»Und trotzdem«, er stockte, als wagte er kaum, es auszusprechen, »merke ich, dass ich Fortschritte mache.«

∞

Zu guter Letzt bekam ich mein Zimmer wieder, nachdem Bob mit einem Mädchen durchgebrannt war, das er in einer Musikalienhandlung kennengelernt hatte, wo er Schokoladencroissants kaufen wollte.

»Acht Schokoladencroissants, guter Mann«, hatte er gesagt.

»Wie bitte?«, fragte seine Ehefrau in spe.

»Oh! Sie sind eine Frau.«

»Nicht schlecht für einen zweiten Versuch. Und wir führen keine Croissants, weder mit Schokolade noch mit sonst was. Wir sind eine Musikalienhandlung.«

»Wunderbar! Dann bekomme ich bei Ihnen bestimmt Violinsaiten.«

32

Das Zusammenleben mit Cassie war angenehm, obwohl ich nur Hermann und Bob zum Vergleich heranziehen konnte. Trotz der langen Zeit, die wir zusammen gewesen waren, hatten Georgia und ich nie eine Wohnung geteilt, und wenn ich über Nacht bei ihr blieb, musste ich mich vor Tagesanbruch davonmachen, bevor ihre Eltern aufwachten, uns in flagranti ertappten und merkten, dass ich mich erdreistet hatte, ihre Tochter vom Pfad der Tugend abzubringen. »Unter *unserem* Dach! Und wer weiß, wie lange das schon so geht!« Ich konnte förmlich ihr Gezeter hören. In der ersten Zeit kletterte ich an der Hauswand zu ihrem Fenster hinauf, doch weil sich bald herausstellte, dass Klettern nicht zu meinen Stärken gehörte (zu ihren ebenfalls nicht, wie die Zukunft erweisen sollte), ließ sie sich einen Nachschlüssel für die Hintertür anfertigen. In einem Busch versteckt wie Huckleberry Finn, ahmte ich, sobald im Haus die Lichter ausgegangen waren, den Ruf einer Eule nach oder was ich dafür hielt, und schon kam der Schlüssel an einem Bindfaden zu mir heruntergependelt. Ich schloss auf, trat leise ein, schloss hinter mir wieder ab und schlich auf Zehenspitzen nach oben, um erneut mit der Tochter des Hauses der Unzucht zu frönen. Daraus lässt sich folgern, dass ich ein viel besserer Schleicher als Kletterer bin, was möglicherweise Rückschlüsse auf meinen Charakter zulässt. Oder auch nicht.

Mit Cassie zusammenzuleben war angenehm, wie schon gesagt. So angenehm, dass auch ein schier endloser Strom von Lehrerkollegen, die kamen und gingen – auf dem Weg von diesem oder jenem Posten in irgendeiner fernen, exotischen Weltengegend zu einem anderen Posten in einer noch ferneren, noch exotischeren Weltengegend – samt ihren Unmengen Fotos und Anekdoten und Sonnenbräune, in mir nicht das Fernweh wecken konnten. Ich blieb, wo ich war: an Cassies Seite.

∞

Wie nicht anders zu erwarten, liebten meine Eltern sie vom ersten Augenblick an. Sie dachten, Cassie sei genau die Richtige für mich, was Eltern für gewöhnlich denken, wenn ihre Sprösslinge ein wenig larifari sind und es wider jede Erwartung schaffen, jemanden als Lebensgefährten an Land zu ziehen, der das genaue Gegenteil ist, also ganz und gar nicht larifari. Falls sie je dahinterkamen, dass ich sie betrog, konnte ich damit rechnen, enterbt zu werden, oder, wie Ray es ausdrückte: »Du solltest beten, dass Mams es nie herausfindet, denn sonst tritt sie dir in den Hintern, dass du von hier bis nächste Woche fliegst.«

∞

Lügen, untrennbar mit Betrügen verbunden, ist ein Balanceakt, bei dem gelegentliche Abstürze unvermeidlich sind. Manchmal fällt man auf die Füße, manchmal auf den Allerwertesten, und manchmal landet man in einem riesengroßen Haufen Hundescheiße und ist überzeugt, ob des Gestanks würden die Mitmenschen sich naserümpfend abwenden. Doch o Wunder, niemand scheint Anstoß zu nehmen, und die einzige Schwierigkeit besteht folglich darin, so zu tun, als ob man auch nichts riecht.

Natürlich log und betrog ich an zwei Fronten, was besonders tückisch ist, weil man leicht den Überblick verliert, dazu hatte ich gleich von Anfang an den unschönen Verdacht, dass ich in erster Linie mir selbst ein dickes X für ein U vormachte, und das ist ein verstörender Gedanke, denn wenn man sich selbst nicht trauen kann, wem dann?

∞

Mir ist schleierhaft, wie manche Leute es schaffen, über Jahre hinweg ein Doppelleben zu führen. Von allem anderen abgesehen muss es unglaublich anstrengend sein. Die jähe Erkenntnis, dass ich nun selbst in die Kategorie »dieser Leute« gehörte, überfiel mich oft mitten in den banalsten Tätigkeiten – beim Aufbrühen einer Tasse Tee oder beim Zähneputzen –, und dann stand ich da, gelähmt von dem bloßen Gedanken, dem Unfassbaren meiner Situation, während die immer gleiche brennende Frage hinter meiner Stirn pulsierte: *Wie konnte mir das passieren? Wie konnte mir das passieren?*

33

»Wie ist sie so?«

»Wer?«, fragte ich.

»Deine Freundin?«

Noch nie hatte Cherry mich nach Cassie gefragt, jedenfalls nicht so direkt wie jetzt. Sie war ihr nie begegnet, hatte nie ein Foto von ihr gesehen. Als ich Cherry zum Zweck der Defloration zu uns einlud, hatte ich die Hand voll Fotos von Cassie und mir, die in der Wohnung verteilt waren, höflichkeitshalber entfernt. Es bestand das stillschweigende Einvernehmen zwischen Cherry und mir, Cassie nicht zu erwähnen. Sie war nur etwas, das zwischen uns stand, ein – zu dem Zeitpunkt – eher kleiner Stolperstein auf dem Weg zu den elysischen Gefilden einer Zweisamkeit ohne Ausreden und Versteckspielen. Nie wieder der heiße Schreck, wenn ich mit Cherry unterwegs war und jemanden entdeckte oder zu entdecken glaubte, den Cassie und ich kannten. Cherry war geduldig, verständnisvoll und stellte keine Ansprüche. Nie rief sie mich zu Hause an, wollte nicht einmal meine Telefonnummer haben. Wir verabschiedeten uns am Freitag und sahen uns montags wieder. Es war eine auf Arbeitstage und Bürozeiten beschränkte Affäre, gelegentliche Überstunden inklusive.

Aber natürlich konnte die säuberliche Trennung meiner beiden Leben nicht von Dauer sein.

»Sie ist nett«, antwortete ich.

»Was macht sie beruflich?«

»Gute Frage.«

»Wieso? Weißt du's nicht?«

»Nicht genau«, gestand ich betreten. »Ich weiß, was sie für einen Beruf hat, aber nicht genau, was sie macht. Sie ist eine Art Beraterin.«

Um der Wahrheit die Ehre zu geben, ich hatte keine Ahnung, was Cassie eigentlich tat, nachdem sie morgens aus dem Haus gegangen war. Was sie den ganzen Tag lang trieb, womit sie ihr Geld verdiente. Auch wenn ich vorher schon gewusst hatte, dass ich es nicht wusste – plötzlich danach gefragt zu werden, ohne Vorwarnung, stürzte mich in heillose Verwirrung. Wie konnte ich so etwas nicht wissen? Bestimmt hatte Carrie schon oft von ihrer Arbeit erzählt, erzählte davon seit Jahren, aber wenn man mich fragte, konnte ich nur mit einem kümmerlichen »Sie ist eine Art Beraterin« aufwarten. Was für Menschen suchten ihren Rat? In welchen Angelegenheiten? Auf welchem Gebiet? Ich nahm mir fest vor, es herauszufinden.

»Und wie ist sie sonst so?«

»Was willst du denn wissen?«

»Wie sieht sie aus?«, fragte Cherry, dann schüttelte sie den Kopf. »Nein, sag's mir lieber nicht. Was mag sie?«

»Was sie mag?« Ich musste einen Moment lang überlegen. »Erdmännchen.«

»Was für Männchen?«

»Erdmännchen. Sie sehen aus wie Ratten, aber in niedlich. Oder wie Präriehunde. Sie leben in Afrika, glaube ich. Egal, jedenfalls ist sie ganz närrisch danach.«

»Was noch?«

»Ich weiß nicht. Filme von Woody Allen – seine frühen Werke, versteht sich. *Die letzte Nacht des Boris Gruschenko. Der Schläfer. Der Stadtneurotiker.* Ihre absolute Lieblingsszene ist die in *Der Schläfer*, wo Woody Allen und der Kerl, der ihn verfolgt, immer wieder auf dieser überdimensionalen Bananenschale ausrutschen und er ihn dann mit einer riesigen Erdbeere umhaut.«

»Was noch?«

»Was noch? Erdnussbutter und Salatsandwichs. Und scharfen englischen Senf. Und Musicals – je kitschiger, desto besser. *Eine Braut für sieben Brüder. Brigadoon.* Und Discomusik – echte Discomusik. Und Miss-Marple-Krimis. Und Frühstücksbuffets, bei denen man essen kann bis zum Abwinken. Und *Malory Towers.* Und Sonnenlicht, das durch Blätter flimmert. Und im Bett die Sonntagszeitung lesen. Und …« Ich verstummte.

»Weiter«, forderte Cherry.

Aber ich witterte die Gefahr. Ohne es zu wollen, hatte ich Cassie heraufbeschworen, schon mit dieser simplen Aufzählung banaler, scheinbar belangloser Vorlieben, von denen mir noch unendlich viele eingefallen wären, genug, um den ganzen Tag lang damit weiterzumachen, bis sie hier war, bei uns oder wenigstens bei mir, nah und deutlich wie nie zuvor. Mir wurde plötzlich flau im Magen. Wie sollte ich ohne all das weiterleben? Ihre Stimme auf dem Anrufbeantworter, wenn ich nicht zu Hause war, um das Gespräch anzunehmen (»Hallo, hallo? Bist du da? Du bist nicht da? Ach so, du bist nicht da …«). Oder wie sie an Sonntagvormittagen mit dem Fuß die Schlafzimmertür knarrend hin und her bewegte, um mir zu signalisieren, dass es nunmehr an der Zeit war, der Langschläferin eine Tasse Tee ans Bett zu bringen.

All diese Dinge waren Cassie, und schon jetzt, bevor ich sie überhaupt verloren hatte, vermisste ich sie und wusste, das war längst nicht alles: Ich würde noch hundert, tausend, hunderttausend andere, genauso spleenige Kleinigkeiten an ihr vermissen.

Das soll nicht heißen, dass sie mich nicht manchmal zur Weißglut bringen konnte.

Sie konnte.

34

»Kein Begrüßungslächeln für mich«, klagte sie.

Cassies jüngerer Bruder, Allsop, heiratete an diesem Wochenende, und wir warteten auf den Zug nach Hambledon, wo die Trauung stattfinden sollte. Hambledon war mir seit meiner Kindheit ein Begriff, nicht nur, weil ich damals im Garten meiner Großeltern vom Pflaumenbaum und durch das Hausdach gefallen war und mir den Arm gebrochen hatte, sondern auch, weil es ein so idyllisches Fleckchen ist und deshalb oft im Fernsehen auftaucht und weil sich dort der Teich aus *Tschitti Tschitti Bäng Bäng* befindet. Zur Erinnerung: der Teich, aus welchem die protestierende Truly Scrumptious von Dick van Dyke gerettet wird, nachdem sie mit dem Wunderauto hineingefahren ist.

»Ich habe gelächelt«, protestierte ich trotz meiner erheblichen Rückenschmerzen, die ich einer allzu artistischen Sitzung mit Cherry tags zuvor verdankte.

Ich war pünktlich am Bahnhof eingetroffen und hatte die letzten fünfzehn Minuten damit verbracht zuzuschauen, wie der Zeiger der Stationsuhr sich ruckweise der Abfahrtszeit unseres Zuges näherte. Meine Laune war nicht die beste, denn ich hatte kein Mittagessen gehabt. Selbstverständlich hätte ich mir ganz leicht etwas zu essen kaufen können, aber ich wollte nicht die Reisetasche mitschleppen, sondern sie bei Cassie lassen, was aber nicht möglich war, weil Cassie sich verspätete.

»Wir haben noch zehn Minuten bis zur Abfahrt«, bemerkte ich mit dem leisen Anflug eines Tadels.

»Reichlich Zeit«, fand sie.

»Wenn du meinst. Hoffentlich genug, um mir etwas zu essen zu kaufen. Ich komme um vor Hunger. Willst du auch was?«

»Ich komme mit.«

»Sag mir einfach, was du haben willst, und ich bringe es dir mit. Du bleibst bei dem Gepäck.«

»Nichts«, entgegnete sie.

»Im Ernst? Du willst gar nichts?«

»Ich habe uns ein Picknick eingepackt.«

»Wirklich? Warum hast du das nicht gleich gesagt?«

»Es ist nicht für jetzt, sondern für unterwegs. Wenn du jetzt Hunger hast …«

»Der Zug fährt in zehn Minuten. Ich denke, so lange kann ich's noch aushalten«, erklärte ich ein wenig gereizt. »Natürlich ist mir ein Picknick lieber.«

Aber was auch immer der Grund sein mochte – ein schlechter Tag im Büro, die bevorstehende Hochzeit ihres kleinen Bruders, die monatliche Heimsuchung vielleicht –, es war zu spät. Ihre Mundwinkel waren herabgesunken, ihre Augen füllten sich mit Tränen.

»Was ist? Was habe ich getan? Wieso weinst du denn jetzt? Es gibt doch gar keinen Grund dafür«, sprudelte ich hervor. »Gott, ich hasse es, wenn du dich so aufführst. Das ist einfach lächerlich! Also, warum weinst du?«

»Ich weine nicht«, behauptete sie. »Warum schreist du mich an?«

»Wer schreit denn? Ich schreie nicht. Ich rede. Schreien ist viel lauter. Leute schreien sich an, wenn sie wütend sind. Ich bin nicht wütend. Weshalb sollte ich wütend sein?«

»Ich weiß nicht, wieso du wütend bist.«

»Ich bin nicht wütend. Wer hat gesagt, dass ich wütend bin?«

»Du selbst hast es gesagt. Gerade eben.«

»Was?«

»Hör dich doch an. Du bist wütend. Und du schreist.«

»Allmählich gerate ich in Wut, aber eben war ich noch nicht wütend. Und ich schreie immer noch nicht.«

»Komm schon. Wir verpassen den Zug.«

Aber es war noch nicht ausgestanden.

»Ich war nicht wütend«, konnte ich mir nicht verkneifen zu sagen, nachdem wir das Gepäck verstaut und uns hingesetzt hatten.

»Na schön. Dann warst du's eben nicht.«

»Und ich habe nicht geschrien.«

»Ja.«

»Ich weiß gar nicht, was ich falsch gemacht haben soll. Ich hatte Hunger, und ich wollte etwas zu essen. Du hättest einfach nur gleich sagen müssen, dass du etwas für unterwegs eingepackt hast.«

»Können wir das Thema jetzt fallen lassen?«

»Ich begreife nur nicht, wieso du in Tränen ausbrechen musstest.«

»Kannst du bitte damit aufhören?«

»Entschuldige, aber das ist schlicht unvernünftig.«

»Schon gut!«, zischte sie.

»Was tust du da?«

Sie hatte angefangen, ihre Sachen zusammenzusuchen.

»Ich steige aus.«

»Das geht nicht. Der Zug fährt gleich los.«

Sie versuchte, sich an mir vorbeizudrängen. Wir hatten vielleicht noch eine Minute bis zur Abfahrt.

»Würdest du mich bitte vorbeilassen?«

Ich bemühte mich, sie zur Vernunft zu bringen. »Du bist verrückt!«, warf ich ihr vor. »Du machst dich lächerlich.«

»Lässt du mich *bitte* vorbei?«

»Also das ist doch total widersinnig, wenn du aussteigst. Schließlich ist es dein bescheuerter Bruder, der heiratet«, sagte ich in ganz normalem Ton, ohne zu schreien, und hievte meine Reisetasche aus dem Gepäcknetz. »Ich steige aus.«

»Schön.«

»Schön. Großartig. Wunderbar.«

Und ich stieg aus.

∞

Ich schaute zu, wie der Zug sich in Bewegung setzte und aus dem Bahnhof rollte, mit Cassie neben einem freien Platz, auf dem eben noch ich gesessen hatte, und fragte mich: »Wie ist das eigentlich passiert?« Dann dachte ich an das Picknick und woraus es bestanden haben könnte und spürte den ersten Stich des Bedauerns, nicht weil mir der Magen knurrte oder weil mir schwante, dass ich möglicherweise im Unrecht gewesen war, sondern weil ich wusste, wie sehr Cassie Picknicks liebte und wie viel Freude es ihr gemacht hatte, alles einzukaufen und herzurichten und für die Reise einzupacken: belegte Brote, ein Schottisches Ei vielleicht, Chips, ein Twix für sie und für mich vielleicht Türkischer Honig und natürlich Limonade. Ich fragte mich, ob sie wohl trotzdem etwas davon aß, und falls ja, ob es sie traurig machte und was sie mit meinem Anteil tun würde. Türkischen Honig verschmähte sie nicht, aber ich war sicher, dass sie für mich Salamisandwichs eingepackt hatte oder welche mit Geflügelsalat, und da sie weder das eine noch das andere besonders gern mochte, würde sie die Brote wahrscheinlich einfach wegwerfen. Die Kartoffelchips hingegen verspeiste sie garantiert.

Ich hob meine Reisetasche auf und ging zum Schalter, um mir eine neue Fahrkarte zu kaufen.

35

Nicht lange nachdem Cassie und ich gemerkt hatten, dass sich zwischen uns eine Beziehung anbahnte, ging selbiger Bruder, Allsop, aufs College und verschwand dann spurlos. Man kann sich vorstellen, dass die Familie sich die größten Sorgen machte. Er schien wahrhaftig wie vom Erdboden verschluckt zu sein, und seine Eltern erstatteten Vermisstenanzeige bei der Polizei. Die Nachforschungen der Polizei blieben ergebnislos. Inzwischen waren seine Eltern nicht mehr besorgt, sondern außer sich vor Angst. Cassie war überzeugt davon, dass man ihren Bruder ermordet und zerstückelt und seinen Torso samt den Gliedmaßen in einem Koffer im Bahnhof Charing Cross abgestellt hatte. Charing Cross – ich erinnere mich genau, wie überrascht ich war, als sie mir davon erzählte, nicht wegen der unbestreitbaren Blutrünstigkeit ihrer Theorie, sondern wegen der Akribie, mit der sie sich das vermeintliche Schicksal ihres verschollenen Bruder bis in alle Einzelheiten ausgemalt hatte.

Die Episode fand ein glückliches Ende, als die Familie drei Wochen später einen Telefonanruf erhielt, von keinem anderem als dem Vermissten, der darum bat, dass man ihn abholte. Man fand ihn am angegebenen Platz auf dem Bordstein sitzend, bekleidet nur mit einer weißen Unterhose (neu!) und neben sich einen kleinen braunen Koffer.

Er sah sich außer Stande zu erklären, wo er gewesen war.

In dieser Nacht, nachdem alle Verwandten und Bekannten von der Heimkehr des verlorenen Sohns in Kenntnis gesetzt worden waren und die Familie (Cassie eingeschlossen) unter einem Dach wiedervereint friedlich eingeschlummert war, zerriss ein ohrenbetäubendes Heulen unvermittelt die nächtliche Stille. Fünf Minuten lang irrten die Familienmitglieder in diversen Stadien mangelhafter Bekleidung kopflos durchs Haus und suchten nach der Quelle des gottlosen Lärms, der unvermindert anhielt.

Einzig Allsop schlief weiterhin den Schlaf des Gerechten.

Zu guter Letzt gelang es, das Geplärre zum Ort seines Ursprungs zurückzuverfolgen. Es drang aus Allsops Zimmer, noch genauer, aus seinem kleinen braunen Koffer. Wie nicht anders zu erwarten war er abgeschlossen.

»Ich kann mich nicht denken hören!«, jammerte Cassies und Allsops Vater und hielt sich die Ohren zu.

»Pst!«, zischte ihre Mutter ihn an. »Du weckst den Jungen auf.«

»Ich hole den Bolzenschneider«, beschloss Cassie.

Als sie mit dem besagten Werkzeug wiederkam, schnitten sie die Schlösser von dem Koffer ab, klappten den Deckel auf und fanden die wunderhübsch gearbeitete Miniatur einer Moschee als Wecker. Statt des üblichen, mit niederträchtiger Impertinenz den Schlaf zersägenden Pieptons der meisten Feld-Wald-und-Wiesen-Wecker produzierte dieser ein außergewöhnlich authentisch klingendes an- und abschwellendes Gejaule: der traditionelle muslimische Aufruf zum Gebet.

Davon abgesehen war der Koffer vollkommen leer.

∞

Bei der Hochzeit fiel nichts Ungewöhnliches vor, wenn man von der Tatsache absehen will, dass sowohl Bräutigam als auch Braut in *Star Trek*-Uniformen zum Altar schritten. In der Nacht jedoch, ihrer Hochzeitsnacht, spielte man ihnen einen unverzeihlichen, wenngleich fast genialen Streich von mephistophelischer Boshaftigkeit. Als nach dem Ausklang der Festivitäten die Gäste zu Bett gegangen waren (ob in das eigene oder ein fremdes, sei mit dem Mantel der Liebe bedeckt), wurden die Jungvermählten von einem Wecker aus dem Schlaf gerissen, der irgendwo im Zimmer losrappelte. Nach anfänglicher Verwirrung bemühten sie sich schlaftrunken herauszufinden, woher das nervtötende Geräusch kam, und entdeckten den Ruhestörer endlich in dem kleinen Wasserkessel für die Kaffee- und Teezubereitung im Hotelzimmer.

Das war um ein Uhr nachts.

Das nächste rüde Erwachen erfolgte eine Viertelstunde später, genau daraufhin berechnet, dass die beiden genügend Zeit gehabt hatten, wieder tief einzuschlafen. Erneut begann die fahrige Suche nach dem Ursprungsort des gedämpften Weckrufs, die sich diesmal erheblich langwieriger und frustrierender gestaltete, weil er – raffiniert! – aus dem Innern der Bibel in einem der Nachttische ertönte. Der oder die Übeltäter hatte(n) sich die Arbeit gemacht, sie auszuhöhlen, und das akustische Foltergerät darin verborgen.

Diese Störungen der Nachtruhe wiederholten sich in ähnlicher Form zwei weitere Male, bevor das einem Nervenzusammenbruch nahe und zum Umfallen müde Paar beschloss, das ganze Zimmer auf den Kopf zu stellen und dem Spuk ein für alle Mal ein Ende zu bereiten.

Gesagt, getan.

Sie entdeckten summa summarum fünfzehn verschiedene Wecker, im Abstand von fünfzehn Minuten auf »Alarm«

gestellt. Doch leider hatten sie nicht gründlich genug gesucht, denn es waren sechzehn.

Um Punkt fünf Uhr morgens, nach einer höllischen Nacht mit wenig Schlaf, wurden sie ein letztes Mal geweckt, jedoch nicht von dem üblichen, mit niederträchtiger Impertinenz den Schlaf zersägenden Piepton der meisten Feld-Wald-und-Wiesen-Wecker, sondern von einem außergewöhnlich authentisch klingenden an- und abschwellenden Gejaule: dem traditionellen muslimischen Aufruf zum Gebet.

Sowohl in derbem Angelsächsisch als auch auf Klingonisch jeden verfluchend, der möglicherweise seine Finger im Spiel haben könnte, entdeckte Cassies Bruder Nummer sechzehn endlich in seinem eigenen, für die Flitterwochen fertig gepackten Koffer, während seine junge Frau hysterisch in die Kissen schluchzte.

36

Nicht genug damit, dass Cassie, kurz nachdem wir uns kennengelernt hatten, vorübergehend ihren Bruder verlor, verlor sie bald auch ihren Vater und diesen auf Dauer, was für jeden betrüblich war, in erster Linie für ihn.

Es geschah völlig unerwartet.

Sein Auto stieß mit einem Zug zusammen, aber daran starb er nicht.

∞

Nach dem rätselhaften Verschwinden und noch rätselhafteren Wiederauftauchen von Cassies Bruder unternahmen die Eltern mit dem verlorenen Sohn eine therapeutische Spazierfahrt über Land. Auf einem verlassenen Bahnübergang blieb ihr Auto plötzlich stehen. Nach mehreren vergeblichen Versuchen, den Motor wieder zu starten, stiegen Cassies Mutter und Bruder aus, um zu schieben, während ihr Vater lenkte. Noch hatten sie es nicht ganz geschafft, den Wagen von den Gleisen herunterzubefördern, da nahte plötzlich ein Zug. Er bremste natürlich, kam aber dennoch unerbittlich näher. Cassies Mutter und Bruder flüchteten im letzten Augenblick, ihr Vater jedoch, der ein vorsichtiger Mann war (Ironie des Schicksals, dass er wegen einer Autopanne ausgerechnet auf einem Bahnübergang sterben musste), trug erstens noch seinen Sicherheitsgurt, und zweitens pflegte er vorsorglich die Tür auf seiner Seite zu verriegeln, seit er in der Zeitung von gehäuften Überfällen auf Autofahrer in Miami gelesen hatte. Der Zug streifte nur eben das Heck des Wagens, der von der Wucht des Anpralls in die Luft geschleudert wurde und sich mehrmals überschlug, so rasend schnell, dass ein Augenzeuge später zu Protokoll gab, ihm sei bei dem Anblick regelrecht schwindelig geworden.

Als nach endlos scheinenden Sekunden der Wagen endlich liegen blieb, war der Zug zum Stillstand gekommen, Cassies Mutter und Bruder rappelten sich nach ihrem Satz von den Gleisen vom Boden auf, und der erwähnte Augenzeuge hatte sich aus oben genanntem Grund hinsetzen müssen.

Für einen langen Augenblick geschah nichts. Niemand rührte sich. Nicht Cassies Mutter und Bruder. Nicht der schwindelige Augenzeuge. Nicht der Zugführer, der von der Lok heruntergesprungen war. Auch die ungläubig staunenden Gesichter hinter den Abteilfenstern wirkten maskenhaft starr.

Dann ein Klicken und die Fahrertür des auf dem Dach liegenden Autos öffnete sich knarrend. Cassies Vater plumpste mehr oder weniger aus dem Wrack, kroch ein Stück auf allen vieren und stand auf.

Es war ein Wunder!

Er lebte!

Er hatte wirklich und wahrhaftig nicht den kleinsten Kratzer davongetragen.

»Leck mich am Arsch«, sagte er, und es war das erste und letzte Mal, dass er sich vor den Ohren seiner Familie einer solchen Redeweise bediente. Kaum dass er dies ausgesprochen hatte, griff er sich an die Brust, fiel um und war tot.

∞

Manchmal stellt man fest, dass eine hoffnungsvoll begonnene Beziehung von Anfang an von Pech überschattet ist. Als klassischer Fehlschlag gilt, mit jemandem anzubandeln, bei dem, noch bevor man sich gut genug kennt, um in Gegenwart des anderen entspannt zu furzen, das Schicksal in Gestalt einer tödlichen Krankheit oder eines schweren Unfalls zuschlägt. Der Tod eines Familienmitglieds, wenn auch nicht ganz so fatal, wirkt ebenfalls dämpfend auf ein junges Glück. Ereignisse dieser Art lassen sich selbstredend nicht vermeiden, Zusammenstöße mit Zügen hingegen müssen und sollten nicht sein.

∞

Ich denke, der plötzliche und unerwartete (und vorzugsweise schmerzlose) Tod des Partners ist leichter zu ertragen als ein langes Siechtum mit demselben Ausgang. Mir graust vor der Vorstellung, wie Georgias und mein gemeinsames Leben ausgesehen hätte, wäre sie nicht erfroren, sondern rechtzeitig gefunden und mit dem gebrochenen Genick ins Krankenhaus gebracht worden. Und sie hatte seit Jahren in meiner Gegenwart gefurzt.

∞

Cassie hatte weder eine tödliche Krankheit, noch war sie in irgendeiner Weise behindert, trotzdem stellte ich mir manchmal vor, besonders wenn sie später als gewöhnlich nach Hause kam, dass sie einen schlimmen Unfall gehabt hatte (jedes Mal sofortiger Exitus, kein langes Leiden). Wenn auch möglicherweise vorbelastet durch Georgia und ihr tragisches Ende – das allein kann nicht der Grund gewesen sein, denn die Tendenz zu Tagträumen in dieser makabren Richtung nahm merklich zu, nachdem ich die Affäre mit Cherry begonnen hatte. Selbst ich muss zugeben, dass ein gewisses Wunschdenken dabei im Spiel gewesen sein dürfte, allerdings auf rein virtueller Ebene. Ich wünschte Cassie nichts Böses, schon gar nicht den Tod, aber das hinderte meine Fantasie nicht daran, ganze Filme nach jeweils nur unwesentlich variiertem Drehbuch vor meinem inneren Auge ablaufen zu lassen. Selbstredend war ich stets angemessen erschüttert, doch trauerte ich still (»Wie's in mir aussieht, geht niemand was an«) und ersparte der Welt Tränen und Wehklagen. Immer ließ ich auch eine schickliche Frist verstreichen, bevor ich ein schönes neues Leben mit Cherry begann. Diese Idealversion einer Trennung ohne schlechtes Gewissen erlaubte mir, elegant von der alten, vertrauten Beziehung in die neue, vor Erotik knisternde hinüberzugleiten, ohne auch nur ein Es-liegt-nicht-an-dir-es-liegt-an-mir-Gespräch führen zu müssen. Zu meiner Verteidigung kann ich einzig vorbringen, dass, sobald ich mich von Cherrys Armen zärtlich umfangen fühlte, mein bis dahin blaubärtig ungerührtes Gewissen zu erwachen pflegte und wie eine Stecknadel die Seifenblase des wohlfeilen Selbstbetrugs zum Platzen brachte.

Das oder das Geräusch von Cassies Schlüssel im Schloss der Wohnungstür.

37

Genau wie Filmstars größer aussehen, als sie sind, und Menschen im Fernsehen dicker, erscheint im Film das Aufbrechen von Türen leichter, als es ist. Erst nach einer schmerzhaft geprellten Schulter und einem halb zertrümmerten Fuß fiel mir ein, was ein Schlosser mir einmal gezeigt hatte, als er ein Sicherheitsschloss in meine Tür einbaute, nachdem bei mir eingebrochen worden war. Um ein Schnappschloss ohne den passenden Schlüssel zu öffnen, braucht man nichts weiter zu tun, als eine Kreditkarte oder, sofern nicht kreditwürdig, einen laminierten Büchereiausweis zwischen Tür und Türrahmen zu schieben und zu drücken. Mit wahlweise Übung oder etwas Glück springt die Tür auf, und eine ernsthaft gefährdete Beziehung ist gerettet – vorausgesetzt, man kann erklären, wie die Einbrecher in die Wohnung gelangt sind und warum nichts gestohlen wurde, man findet das entfleuchte Kondom sowie den verschwundenen Slip der anderen Freundin und ist abgebrüht genug, mit dem Wissen um das, was man getan hat, problemlos weiterzuleben.

∞

»Mein Gott!«, sagte ich, nachdem ich Cassie aus ihrer misslichen Lage befreit, sie tröstend in die Arme geschlossen und mir ihre von Schluchzen unterbrochene Version der jüngsten Ereignisse angehört hatte, wie sie sich aus dem Innern einer großen Plastikmülltüte darstellten. »Das ist unglaublich!« Und dann, bevor sie Zeit hatte, selbst diesen heiklen Punkt anzusprechen, fragte ich verwundert: »Aber wie sind die bloß hereingekommen?«

»Sie müssen das Schloss aufgebrochen haben«, sagte sie.

»Aber doch nicht das Sicherheitsschloss, unmöglich«, widersprach ich tollkühn.

»Vielleicht hast du heute Morgen nicht richtig abgeschlossen, als du weggegangen bist.«

»Könnte sein ...« Ich setzte eine sinnende Miene auf, um dann, wie vom Blitz einer bestürzenden Erkenntnis getroffen, auszurufen: »Liebe Güte, dann ist es meine Schuld! Oh, es tut mir so furchtbar leid, Schatz.«

»Red keinen Unsinn, du hast einfach nur vergessen, die Tür abzuschließen. Du warst es doch nicht, der mich überfallen hat.«

»Ich weiß, aber trotzdem.«

»Natürlich war es nicht deine Schuld«, versicherte sie mir erneut, und dann begann sie leise zu weinen. »Ben, ich habe solche Angst gehabt.«

»Ja, ich weiß, Schatz«, sagte ich, wiegte sie in den Armen und suchte mit Blicken den Bereich hinter ihr nach Kondom und Slip ab. Die Schlüssel hatte ich gefunden, aber der Verbleib dieser beiden anderen Gegenstände verursachte mir ziemliche Sorgen. Ich hatte, bevor ich Cassie »rettete«, nur sehr flüchtig danach zu suchen gewagt, aus Angst, dass sie mich hören könnte (auch wenn das Risiko in Anbetracht ihrer nervenzerfetzenden Hilfeschreie eher gering war, aber sie musste ja ab und zu Pause machen, um Luft zu holen), deshalb blieb mir nichts anderes übrig, als zu hoffen, dass sie nicht vor mir darüber stolperte, bildlich gesprochen.

∞

Das Kondom entdeckte ich zuerst. Es hatte eine ziemliche Luftreise gemacht, denn es hing am Ende der Gardinenstange. Bergen konnte ich es allerdings vorerst nicht, deshalb drückte ich Cassie fester an mich, während meine Gedanken rasten. Wenn ich sie losließ, sank sie, erschöpft wie sie war, bestimmt rücklings aufs Bett, und aus dieser Position war das baumelnde Kontrazeptiv nicht zu übersehen. Wenn ich wiederum so sitzen blieb und sie in den Armen hielt, war die ganze andere Hälfte des Zimmers ihrem prüfenden Blick preisgegeben, sofern sie sich genügend erholt hatte, um ein dahingehendes Interesse zu entwickeln.

Und das Vorhandensein eines winzigen rosafarbenen Slips (mit Spitzen, glaubte ich mich zu erinnern) war um einiges schwieriger zu erklären als eine nicht aufgebrochene Wohnungstür.

Ich musste mir blitzschnell etwas einfallen lassen.

»Wie wäre es mit einer schönen Tasse Tee?«, fragte ich.

∞

Wie nicht anders zu erwarten, wollte sie die Polizei rufen; wie nicht anders zu erwarten, beeilte ich mich, ihr das auszureden. Nichts war gestohlen worden, niemand war ernsthaft zu Schaden gekommen, und sie hatte die Eindringlinge nicht gesehen, konnte daher auch nicht mit einer brauchbaren Personenbeschreibung aufwarten. Zum Ausgleich versorgte ich sie im Wohnzimmer mit einem schönen starken Tee und Gebäck, und während sie damit beschäftigt war, huschte ich ins Schlafzimmer zurück, steckte das verirrte Kondom ein (statt es die Toilette hinunterzuspülen: meistens verschwinden sie nicht nach einem Mal Abziehen) und schaute mich hastig auf dem Boden und unter dem Bett nach Cherrys verloren gegangenem Slip um.

»Was machst du da?« Plötzlich stand Cassie in der offenen Tür.

Ich hatte sie kommen gehört, eine Nanosekunde vor ihrem Erscheinen. Die Zeit reichte nicht, um aufzuspringen und eine Haltung einzunehmen, die weniger suspekt wirkte als mein Herumrutschen auf Händen und Knien, aber ich konnte gerade noch theatralisch mein Bein umklammern.

»Au«, stieß ich schmerzvoll zwischen zusammengebissenen Zähnen hervor. »Krampf!«

∞

Der verlorene Slip tauchte eine Woche später auf und war, wie sich herausstellte, nie wirklich verloren gewesen. Eines Tages musste ich im Unterricht niesen, und als ich nach einem Taschentuch angelte, förderte ich stattdessen das fragliche Dessous zu Tage – zur denkbar größten Erheiterung meiner Schüler; Cherry und ich hingegen waren bass erstaunt.

Offenbar hatte ich im Zuge der lustvollen Entblätterung das zarte Dingelchen eingesteckt, entweder, weil ich ahnte, dass dieser Hauch von Rosa leicht im Getümmel untergehen konnte, oder aber ich war dem Abgrund näher, als ich dachte, und wollte es als Souvenir behalten.

38

Die Mutter meiner Mutter, Gromutsch für meine Brüder und mich, die wir nicht anders kannten als liebevoll, gütig und sanft, war nach Aussage ihrer Tochter, unserer Mutter, in einer früheren Inkarnation zu mehr als der Hälfte Despotin und Furie gewesen. Die etwas übertrieben anmutende Beschreibung gewann erheblich an Glaubwürdigkeit, wenn man sich die Frau mit dem nicht zu bändigenden schwarzen Schopf und den dunklen dämonischen Augen auf den wenigen noch erhaltenen Fotos von ihr aus jener Zeit anschaute. Man konnte nicht umhin, eine gewisse Ähnlichkeit mit einem weiblichen, attraktiveren Charles Manson zu bemerken, was nicht ausschließlich negativ zu sehen ist, wenn man bedenkt, dass er angeblich fast einer der Monkees geworden wäre.

Einmal hatte die brave Tochter ausnahmsweise ihren Willen durchgesetzt und trotz ausdrücklichen Verbots ein in der Nachbarschaft stattfindendes Tanzfest besucht, »eine Orgie!«, wie ihre Mutter es nannte. Bei ihrer Heimkehr zu später Stunde fand sie nicht nur die Haustür verriegelt, sondern die gesamte Einrichtung ihres Zimmers, Bett eingeschlossen, im Vorgarten aufgebaut.

∞

Mein Bruder Truman wurde zu Hause geboren, in demselben Bett, in welchem neun Jahre später unsere Gromutsch starb. Meine Mutter, bei dem ersten dieser Ereignisse naturgemäß anwesend, war dabei.

»Was ist los, Mams? Was hast du?«, fragte sie, als ihre Mutter die Bettdecke wegschob und versuchte sich aufzurichten. »Ist dir zu heiß?«

Nein, ihr war nicht zu heiß, auch sonst focht sie nichts Irdisches mehr an, denn sie war sehr kurz davor, ihren letzten Atemzug zu tun. Die vielen schweren Jahre waren von ihren Zügen getilgt, und in ihren Augen, diesen dunklen, dämonischen Augen von früher, die nun ganz offenbar eine andere Welt schauten als die diesseitige, lag, wie meine Mutter erzählte, ein Ausdruck des reinsten, tiefsten, vollkommensten Friedens.

Und dann, mit einem kaum hörbaren Seufzer, entwich das Leben aus ihrem Körper.

»Wenn meine Zeit einmal gekommen ist«, pflegte meine Mutter seither zu sagen, »werde ich keine Angst haben, denn ich weiß, dass mich etwas Wundervolles dort drüben erwartet.«

∞

Am Ende ihrer Schwangerschaft mit Truman wurde meine Mutter von den Wehen überrascht. Sie war allein, lag auf dem Bett und konnte nicht aufstehen, und erst nach zehn Minuten lauten Rufens kam jemand nachschauen: der vier Jahre alte Raymond, der aus reiner Neugier den Kopf durch die Tür steckte, um zu sehen, was das Spektakel zu bedeuten hatte. Der völlig unerwartete Anblick seiner außer Fasson geratenen, schweißüberströmten, schreienden, hyperventilierenden Mutter erschreckte ihn halb zu Tode, und nur durch die Androhung fürchterlichen Unheils, das ihn zerschmettern werde, konnte sie ihn daran hindern, Hals über Kopf die Flucht zu ergreifen. Nachdem ihre höchst unmütterlichen Drohungen bewirkt hatten, dass er wie angewurzelt stehen blieb und sie mit zitternden Lippen und tränenerfüllten Augen verstört ansah, befahl sie ihm in nunmehr gemäßigtem Ton, Hilfe zu holen. Er flitzte los und kehrte zur maßlosen Erleichterung seiner Mutter gleich darauf mit der Kavallerie zurück, vielmehr in diesem Fall mit unseren Nachbarn.

∞

Auf einer Seite von uns wohnten die Binghams und auf der anderen Mr. und Mrs. Papadopulos. Mr. Bingham traf als Erster ein; er platzte ins Schlafzimmer wie – so die Erinnerung meiner Mutter – ein sympathischer Vorstadt-Superheld. Meine Mutter liebte ihn in diesem Moment. Niemals, vorher wie nachher, war sie dermaßen überglücklich, ein anderes menschliches Wesen zu sehen, meinen kurz darauf geborenen Bruder inbegriffen. Jedoch der Anblick, der ihn erwartete, erschreckte Mr. Bingham nicht weniger als meinen kleinen Bruder, und hätte nicht Mrs. Tom, ihm dicht auf den Fersen, die Tür blockiert, hätte er vermutlich die Flucht ergriffen.

»Albert, Albert!« Meine Mutter umklammerte Mr. Binghams Hand mit eisernem Griff. »Du musst das Kind holen.«

Er wurde kreidebleich.

»Ich … ich … ich«, stammelte er, und seine Hilfsbereitschaft verwandelte sich in blankes Entsetzen, »… ich rufe den Notarzt!« Damit befreite er seine Hand (mit Mühe: Der Griff meiner Mutter hinterließ Spuren, die man noch tagelang sah) und machte sich davon. In seiner blinden Hast fiel er leider die Treppe hinunter und brach sich ein Bein, trotzdem konnte er sich zum Telefon schleppen und den Notarzt verständigen.

»Bitte lassen Sie mich nicht allein, Mrs. Tom«, flehte meine Mutter und griff nach der Hand der Nachbarin. »Lassen Sie mich nicht allein.«

Mrs. Tom setzte sich auf die Bettkante und strich meiner Mutter über die schweißnasse Stirn.

»Arme Mrs. Kirby«, sagte sie tröstend. »Arme Mrs. Kirby.«

Dann wollte sie aufstehen, aber meine Mutter hielt sie krampfhaft fest.

»Keine Sorge, Mrs. Kirby. Ich bleibe. Ich bleibe.«

Meine Mutter ließ los, Mrs. Tom stand auf und begann, im Zimmer herumzukramen.

»Suchen Sie etwas Bestimmtes?«, fragte meine Mutter verwirrt und immer noch voller Angst, wieder allein gelassen zu werden.

Mrs. Tom hatte ebenfalls vor, das Weite zu suchen, ging aber um einiges geschickter zu Werke als der bedauernswerte Alfred, der mit schmerzverzerrtem Gesicht unten saß.

»Eine Schere«, antwortete Mrs. Tom einfach. »Aha! Da ist eine.«

Sie kam mit der Schere zurück zum Bett, öffnete das Oberteil meiner Mutter und zerschnitt *schnipp-schnapp* die BH-Träger links und rechts. Die beiden Körbchen ließ sie an Ort und Stelle sitzen. Der Sinn hinter dieser rätselhaften Handlung sollte meiner Mutter auf ewig verborgen bleiben, weil der nun bald zweifache Vater plötzlich im Zimmer erschien, als wäre er die Treppe hinaufgeflogen, und wie das eben so ist, dachte sie später nicht mehr daran zu fragen.

39

Mrs. Tom war aus Griechenland gekommen, um Nick zu heiraten, der den Fish-and-Chips-Imbiss in unserem Viertel besaß, verliebte sich aber in Tom, den Obst- und Gemüsehändler, und heiratete ihn stattdessen. Nick kam nie ganz darüber hinweg und blieb sein ganzes Leben lang unbeweibt. In seinem Junggesellendasein tat er kaum etwas anderes, als endlos Fische zu panieren und zu braten (und aufzuwärmen, auch mehrmals), woraus man mit ziemlicher Sicherheit folgern kann, dass Mrs. Tom, bevor sie Mrs. Tom wurde, bei der Wahl ihres Ehegatten eine kluge Entscheidung traf.

Obwohl das alles lange vor meiner Geburt geschah, scheine ich die Geschichte dieser drei Menschen immer schon gekannt zu haben und sah sie in einem erheblich romantischeren Licht, als normalerweise ein kleiner Junge den Bratfischbudenbesitzer und den Obst-und-Gemüse-Händler betrachtet. Besonders weil sie (jedenfalls als ich sie kennenlernte) die drei am wenigsten romantisch aussehenden Menschen waren, die man sich vorstellen kann. Sowohl Mr. als auch Mrs. Tom waren ungefähr einen Meter zwanzig hoch und in etwa ebenso breit (niemand hatte je Gelegenheit, es zu überprüfen, aber wir nahmen an, dass sie quer im Bett lagen). Nick, auch nicht viel größer als die anderen beiden, war fast am ganzen Körper von einem schwarzen Pelz bedeckt, dafür fand sich an seinem erdnussförmigen Schädel kein einziges Haar. Sogar wenn sein Hemd bis obenhin zugeknöpft war, sah es aus, als versuchten zwei pelzige Kreaturen aus dem Kragen zu entkommen, die eine vorn, die andere hinten.

Ungeachtet dieser körperlichen Unzulänglichkeiten umgab alle drei immer noch ein verblasstes, sanftes Leuchten, schwacher Abglanz ihrer vergangenen großen Leidenschaften, worin man hin und wieder die Glut ihrer jüngeren Herzen erahnen konnte. Und sie waren ein fester Bestandteil unseres Lebens. Zwei Spitzen eines Dreiecks, dessen dritte unser Haus war.

Ständig fehlte im Haushalt das eine oder andere, und ich wurde zu *Toms* geschickt, um es zu holen. War die Gelegenheit günstig, mopste ich ein Stück Türkischen Honig, stopfte es ganz in den Mund und würgte es auf die Schnelle hinunter, um zu Hause nicht mit vollen Backen Verdacht zu erregen. Und bei Nick gab es, abgesehen von den zweifelhaften Verlockungen seines mehrfach aufgewärmten Bratfischs, einige Flipperautomaten, die auf einen kleinen Jungen mit etwas Klimpergeld in der Tasche eine unwiderstehliche Anziehungskraft ausübten.

Kaum groß genug, um über den oberen Rand hinwegzusehen, stand ich vor einer der Maschinen, die Arme weit zu einer liebevollen Umarmung ausgebreitet, um die Flippertasten erreichen zu können, und schoss die glänzende Stahlkugel hin und her, als hinge mein Leben davon ab. Manchmal – und das war wie Weihnachten und Ostern an einem Tag – kam ich dazu, wenn der Mann vom Kundendienst Wartungsarbeiten oder Reparaturen durchführte, und durfte einen Blick in den Bauch einer dieser wunderschönen, magischen elektronischen Kreaturen werfen. Dann, in dem Moment bevor er sie wieder zumachte, rief er mit dem bloßen Tippen auf einen Knopf zwölf Freispiele auf und schenkte sie mir. »Viel Spaß, Kleiner«, sagte er und konnte nicht ahnen, wie viel mir das bedeutete: zwölf Freispiele am Flipper! Während ich sie verschleuderte (wahrscheinlich ging es ziemlich schnell, aber für mich schien die Zeit stillzustehen), war ich im siebten Himmel und bin nie im Leben glücklicher gewesen als damals.

Jedes Mal, wenn ich hereinkam, stellte Nick dieselben Fragen.

»Wie geht's deiner Mutter?«

»Gut.«

»Wie geht's deinem Vater?«

»Gut.«

»Wie geht's Ray?«

»Gut.«

»Wie geht's Truman?«

»Gut.«

»Was macht die Schule?«

»Geht so.«

Er saß in seinem knarrenden alten Korbsessel, während sein Fisch in einem der großen Bottiche mit siedendem Öl (Teenager pflegten Zigarettenstummel hineinzuschnippen, wenn er nicht hinsah) der Auflösung entgegenbrutzelte, und stellte mir endlose Fragen über Nichtigkeiten oder scheinbare Nichtigkeiten, und ich antwortete »Ja« oder »Nein« oder »Gut« oder »Geht so«, und manchmal versuchte ich mir Mrs. Tom als Mrs. Nick vorzustellen, wie sie neben ihrem Mann, dem Bratfischbudenbesitzer, saß, vielleicht in ihrem eigenen knarrenden Korbsessel, statt nebenan im Gemüseladen bei ihrem Gemüsehändlermann, und ahnte schemenhaft die geheimnisvollen Unterströmungen dieses Lebens, die Kräfte, die uns in diese oder jene Richtung ziehen und manchmal sogar in die Tiefe.

Auch als ich ihn zum letzten Mal sah, saß er dort vor seinem im Öl brutzelnden Fisch. Die Kelly-Zwillinge, Ronald und Donald, standen vor der Theke und starrten ihn an. Sie wollten bestellen. Ich war in derselben Absicht hereingekommen, verharrte nun neben ihnen, und wir drei betrachteten den alten Nick in seinem alten Korbsessel: kleiner als sonst wirkte er, sein Mund stand offen, und er rührte sich nicht.

»Ich glaube, der ist tot«, sagte Ronald oder auch Donald.

»Ich glaube, du hast recht«, sagte der andere.

Und aus und vorbei war's mit unseren Fish and Chips.

40

»Verdammter Hurensohn, Scheiße.«

∞

David Hume, ein schottischer Philosoph und seit mehr als zweihundert Jahren tot, hat meines Wissens niemals einen derartigen Ausdruck benutzt, jedenfalls nicht in seinen Büchern, auch wenn die Möglichkeit besteht, dass ihm zumindest etwas Vergleichbares herausgerutscht ist, als sein erstes Werk, *Ein Traktat über die menschliche Natur*, sich nicht ganz so gut verkaufte, wie er gehofft hatte. Hingegen hat er gesagt, dass unsere Handlungen die Folge anderer, vorheriger Handlungen sind, ergo das Ergebnis von Ursache und Wirkung, aber nicht ausschließlich.

Er berücksichtigte dabei auch eine gute Portion freien Willen, eine Idee, welche auch Sartre vehement postulierte, als er mit Simone de Beauvoir anbandeln wollte oder mit irgendeiner anderen französischen Schickse. Diese Mischung von Kausalität und freiem Willen wurde bekannt als Kompatibilismus, eine hübsch eingängige Bezeichnung, der man eher auf dem Cover einer besseren Frauenzeitschrift begegnen wird als sonstwo, aber dennoch schlägt sie für mich die Brücke zu Robin Williams.

∞

Ihm habe ich einmal eine Postkarte von James Bond verkauft, und obwohl ich es nicht von ihm erwartete, sagte er nichts auch nur entfernt Komisches. Er kam auf mich zugeschlurft, gab mir das Geld, murmelte ein kaum hörbares »Danke« und schlurfte wieder davon, ohne ein einziges Mal aufgeblickt zu haben, dann lief er gegen eine Wand. Vielleicht hatte er gedacht, ich sähe aus wie jemand, der es witzig findet, ihn mit »Nanu, nanu« zu begrüßen, wenn man ihn nur im Geringsten ermutigt, z.B. ihn anschaut, und wollte vermeiden, mir sagen zu müssen, ich sei ein Idiot, falls ich mich nicht entblödete, es tatsächlich zu tun.

∞

Im Anschluss an diese Begegnung mit einem Prominenten und dem Diktat von Ursache und Wirkung gehorchend, schaute ich an diesem Abend auf dem Heimweg in meiner Stamm-Videothek vorbei, um mir *Moskau in New York* auszuleihen, aber der Film war nicht da. Also entschlossen mein freier Wille und ich uns zu einer leichter verdaulichen Alternative und nahmen stattdessen *Good Morning, Vietnam*.

∞

In einer Szene unterrichtet die von Robin Williams gespielte Figur die Englischklasse des Mädchens, das er zu gewinnen hofft, in Grammatik, und zwar anhand derselben Verwünschung, die meines Wissens David Hume nie gebraucht hat, höchstens vielleicht wie gesagt im Zusammenhang mit den enttäuschenden Verkaufszahlen seines ersten Buchs, und als ich an besagtem Abend mit einem Fertiggericht und Dosenbier vor dem Fernseher saß, dachte ich, Unterrichten wäre vielleicht ganz lustig (verglichen mit Fertiggerichten und Dosenbier allein vor dem Fernseher ist es das wohl auch), und damit waren in punkto Berufswahl die Würfel gefallen.

41

Nach Unterrichtsende auf dem Weg zur U-Bahn-Station, den Kopf noch voll von bestimmten und unbestimmten Relativsätzen, hörte ich ein Kreischen, schaute auf und erhaschte den ersten und letzten Blick auf eine noch flauschige Flauschi, die aus heiterem Himmel auf mich herabstürzte.

Manchmal fällt einem etwas aus heiterem Himmel auf den Kopf. Oder fast.

∞

Da muss ich an den deutschen Kampfpiloten denken, der abgeschossen wurde, es im letzten Moment noch schaffte abzuspringen und dann erleben musste, dass sein Fallschirm sich nicht öffnen wollte. Die letzten achteinhalb Sekunden seines Lebens brachte er damit zu, dem einzigen Augenzeugen seines Schicksals wie ein Stein wenn schon nicht auf den Kopf, so doch vor die Füße zu fallen. Mein Vater, der eben noch auf einem Hügel gestanden und gebannt dem mörderischen Luftkampf am Himmel zugeschaut hatte, glaubte nun, seinen Augen nicht zu trauen. Der Pilot schien wahrhaftig genau auf ihn herabzustürzen, und damit nicht genug: Es sah aus, als hockte etwas – jemand – auf seinem Rücken, eine Hand am Gurtzeug des Fallschirms, in der anderen eine lange, gebogene Sense.

Mein Vater war neun Jahre alt, und wie die meisten Kinder in diesem Alter hatte er noch keine Erfahrung mit dem

Tod gemacht, viel weniger ihn gesehen, leibhaftig. Er stand da wie gelähmt. Es hätte leicht sein Ende sein können, wie alles auch auf ein sicheres Ende des unglücklichen Piloten hindeutete, doch es kam anders. Offenbar hatte mein Vater noch etwas zu tun im Leben, zum Beispiel groß werden und meine Mutter kennenlernen und so lange um ihre Hand anhalten, bis sie Ja sagte, und drei Kinder zeugen, darunter auch mich.

Im letzten Moment schüttelte er die Erstarrung ab und warf sich gerade noch rechtzeitig zur Seite, um nicht erschlagen zu werden. Der Pilot, für den im Buch des Lebens offenbar keine weiteren Termine mehr verzeichnet waren, schlug kaum dreißig Meter neben ihm auf. Mein Vater spürte, wie von dem Aufprall die Erde unter ihm bebte.

∞

In Filmen und im Fernsehen sagen die Leute immer Dinge wie »Hör zu« und »Wir müssen reden«, bevor sie schlechte Nachrichten überbringen oder etwas Wichtiges kundtun, mehr zum Nutzen des Publikums, nach meiner Ansicht, als in dem Bemühen, so zu sprechen wie Menschen im wirklichen Leben. Sie wollen unsere Aufmerksamkeit erregen, wollen uns wissen lassen, dass es eine Pause gibt in dem Herunterbeten belangloser Dialoge und dass die Protagonisten im Begriff sind, etwas wirklich Interessantes von sich zu geben oder wenigstens etwas, das für die Geschichte von Bedeutung ist. Sofort wirkt der Pawlowsche Reflex. Zwar beginnen wir nicht zu sabbern, aber wir spitzen die Ohren und hören hin, wenigstens so lange, bis man uns ein weiteres Häppchen mehr oder weniger wichtiger Informationen verabreichen kann.

Ein paar Wochen nach dem Kuss am Strand von Brighton saßen Cherry und ich im Park, und ich hatte ihr etwas mitzuteilen, das nicht nur von größter Bedeutung für unsere ganz private Geschichte war, sondern in die Kategorie der mit Trommelwirbel angekündigten Kunstgriffe des Films gehört: die überraschende Wendung.

Auch diese, wie Flauschi und der deutsche Pilot, kam aus heiterem Himmel.

Unglücklicherweise ahnte Cherry nicht, dass sie im Anzug war.

Ehrlich gesagt hätte ich in den vergangenen zwei Wochen Zeit genug gehabt, das Thema zur Sprache zu bringen, aber irgendwie war es nie dazu gekommen. Ich wollte ja, Hand aufs Herz, aber die Sache, um die es sich drehte, eignete sich nicht dazu, im Rahmen einer allgemeinen Unterhaltung abgehandelt zu werden. Außerdem ging es im Grunde genommen nur um ein kleines Missverständnis. Im Detail: ein kleines Missverständnis die Tatsache betreffend, ob ich zur Zeit eine Freundin hatte oder nicht. Nun ja, eigentlich hatte ich eine (zwei sogar, wenn man Cherry mitrechnet), wohingegen Cherry glaubte, ich sei solo.

Ich sagte nicht: »Hör zu«, denn das sagte ich im Unterricht, wenn ich wieder einmal einem begriffsstutzigen Schüler den korrekten Imperativ beibringen wollte: »Hör zu: *Iss!, Lies!, Wirf!* und nicht *Ess!, Les!, Werf!*«, und ich sagte nicht: »Wir müssen reden«, denn wir redeten ja schon.

Ich wählte stattdessen die ebenfalls bei Drehbuchschreibern beliebte Einleitungsfloskel:

»Ich muss dir etwas sagen.«

∞

Es war alles halb so schlimm, und sie nahm es locker, erstaunlicherweise. Erstaunlicherweise, wenn man bedenkt, dass ich sie belogen und getäuscht und ihre Naivität und Vertrauensseligkeit ausgenutzt hatte. War ich doch ihr Lehrer und folglich jemand, dem man vertrauen konnte und glauben, wenn er sagte, dass seine Freundin ihn gerade wegen einer Frau verlassen hatte. Ich hätte nie geahnt, dass sie meine dahingehende Äußerung ernst nehmen würde. Und ich hatte ihr diesen Bären auch nicht aufgebunden, um sie ins Bett zu kriegen, was erst in ein paar Monaten der Fall sein würde. Ich erzählte es der ganzen Klasse im Rahmen einer Unterrichtsstunde, um eine grammatische Regel zu demonstrieren: das Perfekt als Zeitform der gegenwartsbezogenen Vergangenheit.

»Also, was tue ich gerade? Ja, ich weine. Aber warum?«

»Zahnschmerzen?«, schlug jemand vor.

»Nein. Schaut euch diese Zähne an. Sie sind perfekt.«

»Sie glauben, dass Sie sterben müssen?«, fragte jemand anders.

»Ihr glaubt, eine Bagatelle wie der Tod könnte mich zum Weinen bringen? Ha, ich lache dem Tod jeden Tag ins Gesicht.«

»Sie sind traurig?«

»Selbstredend bin ich traurig. Natürlich bin ich traurig. Seht mich an. Ich weine mir die Augen aus wie ein Baby. Aber der Grund, warum ich weine, der Grund für meine Traurigkeit ist der, dass meine Freundin – die *Schlampe*! – mich verlassen hat.«

»Wirklich?«, ächzte die gesamte Klasse wie aus einem Munde.

Alles Routine. Unterrichten funktioniert so. Die meiste Zeit gibt man den Amateurkomiker.

»Und wisst ihr, was das Schlimmste ist? … Sie hat mich wegen einer Frau verlassen.«

Sie lachten aufs Stichwort, immer, jedes Mal.

»Also bin ich *jetzt* traurig, weil sie mich *letzte Woche* verlassen hat. Was lernen wir daraus? Wenn wir immer noch von etwas betroffen sind, das sich in der Vergangenheit ereignet hat, benutzen wir das Perfekt. Verstanden?«

»Verstanden.«

»Lieber Gott, ich bin genial.«

42

Eines Mittags, nicht lange bevor ich im Scherz meinen Schülern erzählte, dass meine Freundin mich wegen einer Frau sitzen gelassen habe, ging ich noch einmal kurz ins Klassenzimmer, um etwas zu holen, und fand dort zu meiner Überraschung Cherry, versunken in eine koreanische Übersetzung von D.H. Lawrence' *Liebende Frauen*. Wie ich erfuhr, war es eins ihrer Lieblingsbücher, aber damit nicht genug: Es stellte sich heraus, dass sie auch so ziemlich jeden anderen Autor gelesen hatte, von dem jemals eine Taschenbuchausgabe seiner Werke erschienen war. Chaucer las sie zum Vergnügen und ging nie ohne Shakespeares *Sonette* aus dem Haus. Sie war absolut verrückt nach Literatur und Dichtung. Nie zuvor war ich jemandem über den Weg gelaufen, der von Büchern derart besessen war, und von ihren Landsleuten keinem, der sich überhaupt für Bücher interessierte. Sie war ohne Zweifel die schönste aller Schülerinnen, die ich je unterrichtet hatte, dies aber war der erste Hinweis auf ihre wahre Einzigartigkeit. Sie sah aus wie der erotische Traum eines Manga-Zeichners, *und* sie las Goethe.

Oft hörte ich andere Schüler über sie reden, besonders die Koreaner. Sie betrachteten sie als eine Art hochnäsige Prinzessin, womit sie vielleicht recht hatten, doch man konnte nicht leugnen, dass sie fast eine eigene Spezies war. Ihre Art, sich zu kleiden, ihre Haltung, wie sie sich bewegte, sprach, lachte, die Aura von Privilegiertheit, ihr unbekümmerter Hochmut. Sie zeigte sich Leuten gegenüber, die sie nicht leiden konnte, kalt, abweisend und gleichgültig und war vollkommen unempfänglich für Schmeicheleien. Wenn sie vorbeiging, zog sie alle Blicke auf sich, aber sie schien sich dessen wahrhaftig nicht bewusst zu sein.

Ich hingegen war mir dessen umso mehr bewusst.

An Cherrys Seite erlebte ich zum ersten Mal die seltsame und machtvolle Wirkung großer Schönheit auf den Rest der Bevölkerung, und nicht aus meiner üblichen Perspektive des sich den Hals verrenkenden Zuschauers, sondern aus erster Hand, durch den Abglanz dieses intensiven und konstanten Scheinwerferlichts.

Anfangs erwiderte ich die Blicke der Leute, nicht eifersüchtig oder drohend oder herausfordernd, sondern als Bestätigung: *Ja, ich weiß, dass ihr meine Freundin anstarrt, und an eurer Stelle würde ich dasselbe tun*, aber bald hatte ich von Cherry gelernt, damit umzugehen, und tat so, als bemerkte ich die Gaffer überhaupt nicht und noch viel weniger ihre unverhohlene Bewunderung, aber wie gesagt, ich tat nur so.

Um ehrlich zu sein, ich genoss es.

∞

Manchmal, aber nur manchmal, für gewöhnlich, wenn ich mir eine neue Werbung von Calvin Klein anschaue, wünsche ich mir, gut auszusehen. Richtig gut auszusehen. Gut genug für Calvin Klein. Diese Anwandlungen sind schnell vorbei, in der Regel sobald ich die Seite umgeblättert oder den Blick von der Plakatwand abgewendet habe, aber in den ein, zwei Minuten, in denen ich mir vorstelle, ich wäre einer dieser Beaus, steckte in diesem durchtrainierten, perfekt definierten Körper, schaute aus diesen glutvollen, erotisch verhangenen Augen in einem vollkommen proportionierten

Gesicht, erscheint es mir wichtig, extrem wichtig, schön zu sein.

Gott sei Dank bin ich die übrige Zeit über ganz zufrieden mit meinem Aussehen, kein Brad Pitt, aber auch kein Quasimodo.

Diese realistische Selbsteinschätzung brachte mich zu der Frage, was Cherry (oder auch Cassie) in mir sah. Ich stand nicht auf der Liste der begehrenswertesten Junggesellen, und doch war mir – und ohne dass ich bewusst die Angel ausgeworfen hatte – ein Fang von solcher Güte gelungen, dass ich ihn, so sehr mir das Wasser im Mund zusammenlief, manchmal am liebsten wieder in die Freiheit entlassen hätte, weil ich wusste: Was ich da an Land gezogen hatte, hatte ich nicht verdient.

Die Wahrheit ist: Ich war zur rechten Zeit am rechten Ort oder auch zur falschen Zeit am falschen Ort, als Cherry entwurzelt und orientierungslos an meinem kleinen Stückchen Strand angespült wurde, hinter sich die in einem tosenden Malstrom versinkenden Trümmer ihres von ihr selbst torpedierten früheren Lebens.

∞

Später erzählte sie mir, als sie mich zum ersten Mal sah und insbesondere das kleine Haarbüschel, das aus meinem Hemdausschnitt lugte, hätte sie sich vorgestellt, ich sei wie ein Affe am ganzen Körper von einem dichten Pelz bedeckt. Das bin ich nicht, aber dass sich zwischen uns eine Beziehung entwickelte, war deshalb umso erstaunlicher, denn sie hatte einen fast pathologischen Abscheu vor starker Körperbehaarung. Sie beendete sogar einmal eine Freundschaft, als der betreffende Freund eines Tages in kurzer Hose auftauchte und seine zuvor verborgenen, dicht behaarten Beine den Blicken dargeboten waren. Er gelobte hoch und heilig, nie wieder Shorts zu tragen, aber vergebens. Da sie nun wusste, welches schauerliche Geheimnis seine Hosenbeine bargen, musste sie jedes Mal, wenn sie ihn sah, daran denken, sogar dann, wenn sie am Telefon mit ihm sprach, und das war das haarige Ende einer wunderbaren Freundschaft.

∞

Eines Tages tauchte wie aus dem Nichts ihr vermutlich unbehaarter Exverlobter auf, einfach so – oder vielmehr nicht einfach so, sondern sein Auftauchen war das Ergebnis eines langen, unermüdlichen, fast besessenen Bemühens, sie aufzuspüren. Der Grund für seine Suche nach ihr und was er nun wollte, nachdem er sie gefunden hatte, war offensichtlich.

Er wollte sie wiederhaben.

»Rate mal, was passiert ist«, sagte sie zu mir.

»Was?«

»Mein Exverlobter hat mich angerufen.« Sie nannte ihn immer ihren Exverlobten, als hätte er keinen Namen; ich weiß bis heute nicht, wie er heißt.

»Im Ernst? Wie ist er an deine Telefonnummer gekommen?«

»Ich weiß nicht.«

»Geht's ihm gut? Geht's dir gut?«

»Mir schon. Aber ich glaube nicht, dass es ihm gut geht«, entgegnete sie.

»Wieso? Was meinst du damit?«

»Er ist hier.«

»Hier? Wo hier?«

»In London.«

»Wie hat er denn überhaupt herausgefunden, dass du in London wohnst?«

»Ich weiß es nicht.«

»Und was will er?«, fragte ich, aber natürlich wusste ich es längst. Was kann jemand wollen, der sich so viel Mühe macht, jemanden zu finden, der ebenso viel Mühe darauf verwendet hat, nicht gefunden zu werden?

»Mich.«

Ja, sie.

Er wollte sie wiederhaben.

Wer würde das nicht wollen an seiner Stelle?

Er wollte sie also wiederhaben, trotz der Schmerzen und der Demütigung, die sie ihm zugefügt hatte. Er wollte sie wiederhaben, obwohl er ihretwegen sein Gesicht verloren hatte. Er wollte sie wiederhaben, auch wenn das Verhältnis zu seiner Familie dadurch beeinträchtigt wurde. Er wollte sie wiederhaben, auch wenn sie ihn nicht mehr liebte, auch wenn sie einen anderen gefunden hatte, auch wenn sie nicht mehr die unschuldige Jungfrau mit den großen, erstaunten Augen war, selbst wenn sie mich liebte, mir gehörte.

∞

Sein unerwartetes Auftauchen erfolgte zu einem für mich denkbar ungünstigen Zeitpunkt – für ihn hätte er nicht günstiger sein können. Cherrys und meine Beziehung war wieder einmal in eine Sackgasse geraten, und diesmal sah es besonders düster aus. Wir hatten den Punkt erreicht, an dem jedes letzte Quäntchen Trost oder Hoffnung oder Glaube an eine Zukunft, unsere Zukunft, das man der ohnehin wenig überzeugenden Phrase: »Keine Sorge, alles wird gut« abringen konnte, erschöpft war. Ich hatte diese Worte bis zur Fadenscheinigkeit abgenutzt, sie taugten nur mehr dazu, die Ödnis dahinter umso plastischer hervorzuheben, den Friedhof leerer Versprechungen. Früher einmal hatte Cherry mir alles geglaubt, was ich ihr sagte, aber diese Worte, die einfachen Worte, die ihr Mut machen sollten, sie zum Durchhalten bewegen, sie an mich binden, waren seit langem weiter nichts als Salz, das ich auf ihr schon blutendes Herz streute. Ich verstand mich auf die Kunst, Dingen, an die ich nicht glaubte, den Anstrich von Wahrheit zu geben, auch Dingen, an die ich glauben wollte oder von denen ich nicht wusste, ob ich daran glauben sollte oder nicht, aber in dem jetzigen Stadium war es von mir gütiger, nichts zu versprechen, und klüger von ihr, nichts zu erwarten.

Wie gesagt, es hätte für mich kein schlechterer Zeitpunkt sein können und für ihren Exverlobten kein besserer. Falls es den rechten Moment gab, um sie zu entführen, auf ein Schloss oder wenigstens in die erste Klasse der nächsten Maschine nach Seoul (Menü à la carte!), dann war er jetzt.

Mein Rivale war vom Himmel hoch herabgestiegen, buchstäblich, offerierte triumphierend, dennoch demutsvoll fast göttliche Vergebung, Versöhnung und Wiedervereinigung, während ich, ramponiert und abgestürzt, mit einem Laderaum voller schal gewordener Beteuerungen, rein gar nichts zu bieten hatte.

∞

Ich hätte sie gehen lassen müssen. Es wäre das einzig Richtige gewesen. Was denn, sie liebte ihn nicht? Sie liebte mich? Und wenn schon. Er würde sich in Stücke reißen, um sie glücklich zu machen, wohingegen ich nicht einmal wusste, was ich wollte oder wen ich wollte oder wen ich *lieber* wollte, und es fast geschafft hatte, mit links, die Heiterkeit ihrer Seele abzutöten.

Natürlich überredete ich sie zu bleiben.

∞

Damit er ein für alle Mal begriff, dass es keinen Sinn mehr hatte zu hoffen, und damit er sein Leben nicht an eine Chimäre verschwendete, erzählte sie ihm, sie sei verlobt und werde bald heiraten und sei – dies die dritte und größte himmelschreiende Lüge – wunschlos glücklich. Daraufhin wünschte er ihr für die Zukunft alles Gute und trat am nächsten Tag den Heimflug an.

43

Ich rang noch mit mir, ob ich Cherry anrufen sollte oder nicht, als das Telefon klingelte. Sie war dran, und in einem untypischen Anfall von Aufrichtigkeit erzählte ich ihr, dass ich eben mit mir gerungen hatte, ob ich sie anrufen sollte oder nicht.

»Warum?«, fragte sie. »Willst du nicht mit mir sprechen?«

»Du hast mir gesagt, ich soll dich nicht anrufen. Ich wusste nicht, ob ich es trotzdem tun soll oder ob ich es lieber bleiben lasse.«

»Und was denkst du?«

»Ich weiß nicht«, erwiderte ich lahm.

»Ich bin sauer, wenn du anrufst, und ich bin sauer, wenn du nicht anrufst. Also ist es egal, was du tust. Such's dir aus.«

»Okay.«

»Ja, alles ist okay. Alles ist großartig.«

An diesem Punkt der Konversation dämmerte mir, dass »nicht anrufen« die bessere Entscheidung gewesen wäre. Ich hätte auch ihren Anruf lieber nicht entgegennehmen sollen und ihr vor allen Dingen nicht verraten sollen, welchen Kampf ich innerlich ausfocht.

»Und? Was machst du so?«, erkundigte ich mich.

»Nichts.«

»Nichts?«

»Wie gewöhnlich. Nichts Besonderes. Nichts.«

Dann schwieg sie, und da ich ebenfalls nichts zu sagen

wusste, abgesehen von den Dingen, die schon tausend Mal zuvor gesagt worden waren, entschlüpfte mir der Satz, den ich unter keinen Umständen hätte loslassen dürfen.

»Können wir uns sehen?«

»Wozu? Aus welchem Grund?«

Ich hatte bereits gesagt, was ich unter keinen Umständen hätte sagen dürfen, jetzt betrat ich die Ebene des absolut Unverzeihlichen.

»Du fehlst mir.«

Sie hielt es für komisch und stieß ein kurzes, hartes Lachen aus, zu dem sie, dachte ich beklommen, vor einem Jahr noch nicht fähig gewesen wäre. »Ach, wirklich? Vielen herzlichen Dank.«

Und dann übertraf ich mich selbst.

»Ich möchte dich sehen, weil du mir fehlst und weil ich dich liebe«, sagte ich, und während ich das zu ihr sagte, die drei Dinge, nach denen sie sich am meisten sehnte, bastelte ich eine Kette aus den Büroklammern, die in der Schale auf meinem Schreibtisch lagen. Ich hatte den Telefonhörer unter das Kinn geklemmt und hängte sie aneinander.

Am anderen Ende herrschte Stille, lange.

Dann: »Sag das nicht. Du darfst so etwas nicht sagen«, hörte ich ihre leise Stimme.

»Aber es ist die Wahrheit«, beteuerte ich.

Mistkerl!

»Hör auf.«

»Dann sehen wir uns?«

Schweinehund!

»Wenn du willst.«

»Nach der Schule?«

Wichser!

»Okay.«

»Okay, dann komme ich vorbei.«

Wurm!

Bevor ich auflegen konnte, fragte sie rasch: »Um wie viel Uhr?«

»Ich weiß nicht genau. Nach der Schule. Sobald ich kann.«

»Okay ... Bis dann.«

∞

»Rate mal.«

»Was?«

»Ich glaube, ich bin schwanger.«

Sch ... eibenkleister!

∞

Sie machte noch einen zweiten Test, zur Sicherheit, und dann gingen wir zum Arzt, für einen Bluttest, um letzte Gewissheit zu haben, und nach jedem Test, denen zu Hause und dem in der Praxis, quälte mich der Gedanke, dass alles ein riesengroßer Irrtum sein musste, dass sie unmöglich schwanger sein konnte. Es war zu melodramatisch, zu ironisch, eine zu große Sache, aber in erster Linie kam es mir unwirklich vor. Wie oft hatte ich gesehen, wie in Filmen und im Fernsehen immer dieselben alten Klischees verbraten wurden. Ein Baby! Ein ungeplantes Baby. Wie werden die Figuren reagieren? Freut sich der zukünftige Vater? Springt er mit Hurra über Tische und Bänke? Oder ist er verwirrt, vor den Kopf geschlagen? Zuerst sind seine Züge vielleicht versteinert, ausdruckslos, und die zukünftige Mutter beobachtet ihn bang, forscht in seinem Gesicht nach einer Regung, die ihr verrät, was er denkt, die Spannung wächst, bis er sie plötzlich in seine Arme reißt und sie herumwirbelt. »Ich werde Vater!«, jauchzt er, während sie ihn zu Recht ermahnt, weil sie entweder in die Luft geworfen wird wie ein Pfannkuchen oder zerdrückt wie eine Walnuss: »Vorsicht, Liebling, denk an das Baby.« Oder aber er ist zornig, voller Vorwürfe. Das ist alles ihre Schuld, ihre Verantwortung. Was hat sie sich dabei gedacht, verdammt noch mal? Und ausgerechnet jetzt. Was ist mit seiner Karriere? Seinen Plänen? Was ist mit seinem sorglosen, freien, ungebundenen Leben?

Und, verdammter Mist, wie sag ich's meiner Freundin?

44

»Sie ist schwanger«, sagte ich.

»Wer?«, fragte Raymond.

»Cherry.«

»Aha! Ausgehend von der Tatsache, dass du nicht strahlst und Zigarren verteilst, vielmehr den Eindruck erweckst, als hättest du gewaltig die Hosen voll, kann ich wohl annehmen, dass dies keine erfreuliche Neuigkeit ist?«

»Du kannst, und ich habe … die Hosen voll.«

»Bist du sicher?«

»Dass ich die Hosen voll habe?«

»Dass sie schwanger ist?«

»Doppelt und dreifach sicher. Absolut sicher, absoluter, am absolutesten.«

»Schon gut. Und was hast du jetzt vor?«

»Was meinst du damit?«

»Was soll ich schon damit meinen? Was hast du jetzt vor? Wie stehst du zu diesem Dilemma?«

Mich schauderte. »›Dilemma‹«, wiederholte ich sinnend. »Genau. Genau das ist es. Ein ›Dilemma‹. Ich habe ein ›Dilemma‹ gezeugt. Ein lebendiges ›Dilemma‹, das schreit und in die Windeln macht. Egal, wir werden es nicht bekommen. Ich bin zu jung für ein Dilemma-Baby.«

»Du bist sechsunddreißig, Ben.«

»Sag ich doch. Ich bin zu jung. Was soll ich mit einem Baby? Ich müsste ernsthaft anfangen zu arbeiten, um all das anschaffen zu können, was es braucht. Und für die Zukunft sparen. Und Verantwortung übernehmen. Und ihm Priorität einräumen. Und jedes Mal, wenn ich das Haus verlasse, muss ich so viel Zeug mitschleppen, als ginge es auf die Suche nach Dr.-Livingstone-nehme-ich-an. Und ich muss interessiert tun und liebevoll und väterlich, und plötzlich hat man nur noch Bekannte mit Kindern, und man redet über nichts anderes als über Kinder, und es wird immer da sein, nicht nur vorübergehend, sondern für den Rest meines Lebens, bis ich sterbe. Und o Graus, wenn ich mutiere? Zu einem von diesen Unseligen, die nicht einmal merken, was aus ihnen geworden ist, die herumlaufen und anderen, kinderlos glücklichen Leuten erzählen, dass erst jetzt ihr Leben vollkommen ist? Und gesetzt den Fall, es ist nicht nur ein Märchen, das Leute mit Kindern Leuten ohne Kinder auftischen, damit man nicht mitkriegt, dass sie Sklaven sind, Hamster im Laufrad, sondern sie glauben selbst daran? Was, wenn ich auch so werde? Ein Hülsenmensch. Jemand, der noch aussieht wie ich, aber innerlich ist er einer von *denen*. Ray, ich will kein Hülsenmensch sein!«

Und Ray, praktisch und nüchtern wie immer, sprach aus, was als größter Schrecken hinter diesen, im Vergleich dazu lächerlichen Misshelligkeiten lauerte. »Und bestimmt wäre es auch nicht einfach, Cassie deinen folgenreichen Fehltritt beichten zu müssen«, sagte er.

∞

Unser *Dilemma* … Selbstverständlich sparte ich nicht mit den üblichen Beteuerungen und leeren Versprechungen. »Das geht in Ordnung, Du entscheidest, Natürlich will ich liebend gern irgendwann ein Kind mit dir haben, Wenn momentan bloß nicht alles so schwierig wäre«, etc. Interessanterweise hatte ich zum ersten Mal in meinem Leben einen schalen Geschmack im Mund, während ich diese Floskeln gedankenlos abspulte.

Doch eigentlich stand von Anfang an fest, was wir tun würden.

Dafür sorgte ich unauffällig, aber wirkungsvoll.

Ob ich Schuldgefühle hatte? Nicht wegen der Abtreibung, aber wegen Cherry? Ja, weil ich wusste, dass ich sie zerstörte und dass sie mir verzeihen würde, wie sie mir immer schon alles verziehen hatte, meine Gedanken- und Lieblosigkeiten, meine Ausbeutung ihrer Gefühle. Sie war tausend Mal besser als ich, und ich wusste es, und sie wusste es, aber sie zog keine Konsequenzen daraus, denn sie liebte mich mit jeder Faser ihres Körpers. Ich hatte sie geschwängert, und auch wenn es letzten Endes ihre Entscheidung war, dachte sie bei dieser Entscheidung doch nur an mein Wohl, und überdies hätte ich die Macht gehabt, sie dazu zu bringen, alles zu tun, was ich wollte.

»Ich liebe dich«, sagte ich zu ihr und wünschte mir, diese drei kleinen Worte hätten wenigstens noch so viel Gehalt, dass ich mich dafür hassen könnte.

45

Ich saß auf dem Klo und blätterte in einer Illustrierten, als Cassie hereinkam, nicht aus Versehen, was schon einmal passieren kann, sondern absichtlich, und offenbar hatte sie etwas auf dem Herzen. Kleine Geschäfte ließen sich in Gesellschaft erledigen, man konnte sich die Zähne putzen, während der andere pinkelte, oder duschen oder ein Bad nehmen oder einfach nur ein Schwätzchen halten, aber große Geschäfte wurden strikt unter Ausschluss der Öffentlichkeit verrichtet. Folglich hob ich bei ihrem Eintreten ziemlich erstaunt den Blick von meiner Lektüre, aber sie stand für eine Weile einfach nur da, schaute geistesabwesend vor sich hin, und dann sagte sie: »Es funktioniert nicht.«

»Was funktioniert nicht?«, fragte ich.

»Das hier. Mit uns«, antwortete sie schlicht. »Es funktioniert nicht.«

Aus allen Wolken gefallen, starrte ich sie ungläubig an. »Was meinst du damit, es funktioniert nicht? Was gibt es denn an unserer Beziehung auszusetzen?«, brachte ich schließlich hervor.

»Alles«, erklärte sie pauschal und wenig informativ.

»Wie kannst du so etwas sagen? Wir haben eine großartige Beziehung. Eine wundervolle Beziehung.«

»Nein, haben wir nicht, Benton. Unsere Beziehung ist ein einziges Trauerspiel.«

Diese Aussage nun ließ an Deutlichkeit nichts mehr zu wünschen übrig.

»Bist du verrückt? Wie kommst du darauf? Unsere Beziehung ist perfekt! Fantastisch! Sie könnte nicht besser sein!«

»Blödsinn. Das glaubst du vielleicht, in Wahrheit ist unsere Beziehung, wenn man es eine Beziehung nennen kann, alles andere als das. Sie ist ein Trümmerhaufen, eine Katastrophe von den Ausmaßen eines Eisenbahnunglücks. Wir saugen uns gegenseitig das Leben aus. Wie zwei Vampire.«

»Ich weiß nicht, was in deinem Kopf vorgeht. Wie kannst du uns mit Vampiren vergleichen? Also ehrlich! Das ist doch irre!«

»Wir sind nicht gut füreinander, Ben.«

»So ein Unfug! Wir sind geradezu füreinander geschaffen!«

»Wirklich?«

»Ja, natürlich. Wir lieben uns.«

»Tun wir das?«

»Wie kannst du daran zweifeln? Selbstverständlich lieben wir uns. Wir sind verrückt nacheinander. Wir beten uns an!«

»Ist das tatsächlich so, Ben? Wenn wir uns so sehr lieben – ich meine, *wirklich* lieben –, wie kann es dann sein, dass ich mitten in der Nacht aufwache und den Wunsch verspüre, dir das Kissen aufs Gesicht zu drücken?«

»Wie bitte?«

»Willst du mir erzählen, dir geht es nicht genauso?«

»Ich habe noch nie den Wunsch verspürt, dir das Kissen aufs Gesicht zu drücken! Bist du nicht bei Trost? Weshalb sollte ich das tun wollen? Ich liebe dich.«

Was sie dann sagte, gehört vielleicht nicht in die Kategorie der zehn dümmsten Aussprüche, die ich je in meinem Leben gehört habe, aber zu einer Erwähnung ehrenhalber reicht es allemal.

»Wir alle töten, was wir lieben.«

Ich starrte sie noch verständnisloser an als die ganze Zeit über schon, und das wollte etwas heißen.

»Was zum Teufel soll das schon wieder bedeuten?«, hakte ich nach.

»Nicht so wichtig. Jedenfalls, ich finde, du solltest gehen.«

»Gehen?«

»Es wäre das Beste.«

»Was genau meinst du mit *gehen?*«

»Deine Sachen packen und ausziehen. Und ich schlage vor, so bald wie möglich.«

Und es war vorbei, mit uns, einfach so.

Oder fast vorbei.

Sie steckte noch einmal den Kopf zur Tür herein. »Und vergiss nicht, den Lufterfrischer zu benutzen, wenn du fertig bist«, ermahnte sie mich. »Es stinkt ziemlich übel hier drin.«

∞

Sie hatte keine verräterischen Notizen gefunden oder Briefe oder Fotos, keine Lippenstiftflecken an meinem Hemdkragen, keine Kondome in meiner Brieftasche. Ihr war kein Zettel mit einer unbekannten Telefonnummer in die Hände gefallen, die sie angerufen hatte, um zu erfahren, wem sie gehörte. Entgegen aller Wahrscheinlichkeit hatte sie mich nicht auf frischer Tat ertappt, und kein »guter Freund« hatte sich bemüßigt gefühlt, ihr die Augen zu öffnen. Es hatte keine geheimnisvollen Telefonanrufe gegeben, bei denen sich keiner meldete, wenn sie abhob, auch hatte sie weder Kratzspuren auf meinem Rücken entdeckt noch mich beim Lügen ertappt noch ein fremdes Parfum an mir gerochen oder irgendwelche verdächtigen SMS gelesen. Ich war nicht damit aufgefallen, dass ich mir neue Unterwäsche kaufte oder exotische Duftwässerchen, auch hatte ich nicht angefangen, nach Feierabend oder zu unregelmäßigen Zeiten zu arbeiten. Ich hatte mich nicht herablassend, kalt oder distanziert ihr gegenüber verhalten, sie nicht mit dem falschen Namen oder einem ungewohnten Kosenamen angesprochen, und sie hatte ihrerseits weder einen Privatdetektiv angeheuert noch sich einen von diesen Do-it-yourself-Sets zugelegt, mit denen man die Unterhosen des unter Verdacht stehenden Liebsten nach Spuren von Sperma oder was weiß ich untersuchen kann. Sie ahnte nicht einmal etwas, auch wenn ich manchmal kaum glauben konnte, dass sie wahrhaftig nicht misstrauisch geworden war. Sie hatte schlicht und einfach die Nase gestrichen voll von mir, und ich konnte es ihr nicht übel nehmen.

∞

Nachdem sie die Tür geschlossen hatte, hinter sich, zwischen uns, saß ich einfach da, sehr lange, und fühlte mich, als hätte man mir einen Dolch ins Herz gestoßen.

Eigenartig, denn wer hätte gedacht, dass ich ein Herz besaß.

46

Um fünfzehn Uhr hatten Cherry und ich den Termin in der Klinik, aber der war nun hinfällig. Wir würden das Kind bekommen. Ich spielte jetzt die Rolle des anständigen Burschen, der sein Mädchen in die Arme reißt, herumschwenkt und jauchzt: »Hurra! Alles hat sich zum Besten gewendet! Ich habe mich entschieden, nicht ganz freiwillig, aber was macht das schon! Kein Lügen und Betrügen und Heimlichtun mehr. Ab jetzt will ich ein geradliniger, verantwortungsbewusster Mensch sein! Ich werde Vater!« Doch als ich an Cherrys Tür klingelte, öffnete keiner. Ich schaute auf die Uhr. Sie hätte zu Hause sein müssen, sich fertig machen für die Fahrt zur Klinik. Ich konnte mich kaum beherrschen, als ich vor ihrem Haus stand und sie auf dem Handy anrief. Ich wollte es herausschreien: »Ich bin ein neuer Mensch! Ein besserer Mensch! Von jetzt an nehme ich mein Leben in die Hand und werde es leben, wirklich leben. Keine Minute mehr vergeuden. Nie wieder etwas halbherzig tun. Heute, meine Damen und Herren Mitmenschen auf diesem großartigen Planeten, ist der Tag, an dem mein Leben erst beginnt!«

»Hallo?«, meldete sie sich.

»Ich bin es, wo steckst du?«, konnte ich lediglich sagen, dann war die Verbindung unterbrochen.

Ich rief sofort wieder an, aber sie hatte das Handy abgeschaltet, und schlagartig wurde mir klar: Ich hatte mein Leben nicht in der Hand, jetzt nicht und in Zukunft nicht.

Das Leben hatte mich – bei den Eiern.

Keine Ahnung, wie lange ich für den Weg zur Klinik brauchte. Ich weiß nur noch, dass mir das Taxi, das ich ergattert hatte, nicht schnell genug vorankam und dass ich wieder hinaussprang und lief, rannte, als säße mir der Teufel im Nacken. Aber sie war schon im OP, als ich in das Wartezimmer platzte, in dem Paare saßen und Mädchen mit ihren Müttern oder Freundinnen und Mädchen ohne Begleitung. Vielleicht hätte ich vorhin die Rezeption anrufen und darum bitten sollen, dass man Cherry an den Apparat holte, und falls sie nicht hätte mit mir sprechen wollen, den Leuten etwas erzählen, irgendetwas, damit man ihr den Abbruch verweigerte. Sie war nicht verantwortlich für ihre Handlungen. Sie schluckte Antidepressiva. Sie besaß keine Aufenthaltsgenehmigung. Sie war gar nicht schwanger. Oder einfach die Wahrheit: dass sie mein Kind unter dem Herzen trug, *unser* Kind, und dass ich es wollte. Aber ich hatte nicht daran gedacht, und ich hatte auch die Nummer nicht und überhaupt, es hätte nichts genützt.

»Lassen Sie mich zu ihr«, beschwor ich die Arzthelferin an der Rezeption.

»Tut mir leid. Sie ist bereits anästhesiert.«

»Bitte«, flehte ich. *»Bitte!«*

»Tut mir leid«, wiederholte sie und legte tröstend ihre Hand auf meine, die eiskalt war und zitterte. »Es ist zu spät.«

∞

Sie hatte ein weißes Hemd an, das ihr viel zu groß war. Außer ihr saßen in dem Raum noch weitere neun oder zehn Frauen oder Mädchen in den gleichen weißen Hemden, die entweder auf jemanden warteten, jemanden bei sich hatten oder die Sache allein durchstehen mussten. Lauter kleine, jeweils durch mindestens drei freie Stühle voneinander getrennte Enklaven des Kummers und der Erleichterung.

Cherry wirkte in dem langen, formlosen Kittel klein und schmächtig, wie ein Kind. Sie war blass und hielt einen Plastikbecher Tee in beiden Händen auf dem Schoß. Ich schaute sie an und dachte, dass sie nie schöner ausgesehen hatte und dass ich sie in diesem Moment mehr und aufrichtiger liebte als je zuvor, und fast wären mir die Tränen gekommen. Dann entdeckte sie mich, aber ihr Gesicht blieb ausdruckslos. Ich setzte mich neben sie und zog sie behutsam an mich. Es fühlte sich an, als hätte ich nur dieses Hemd im Arm und sonst nichts. Sie war darin verschwunden.

»Wie geht es dir?«

Sie antwortete mechanisch.

»Mir geht es gut.«

»Wirklich?«

»Ja.«

»Wie ist der Tee?«

»Nicht schlecht.«

Ich griff nach ihrer Hand, die winzig war, wie die Hand einer Puppe. Ich erinnerte mich an das erste Mal, als ich ihre Hand gehalten hatte oder vielmehr sie die meine. Sie wollte sich damals als Chiromantin versuchen und hielt meine Hand in der ihren, während sie aufmerksam die Innenfläche studierte und gelegentlich mit einem schlanken, zarten Finger eine der Linien nachzeichnete. Sie wollte mich nicht provozieren oder anmachen – ich war ihr Lehrer, um Himmels willen, und sie hätte nicht gewusst, wie sie es anstellen sollte, selbst wenn es ihre Absicht gewesen wäre. Sie glaubte ernsthaft an Schicksal und Weissagungen und wollte mir offenbaren, welche wundervollen Dinge mich erwarteten.

Diese wundervollen Dinge waren ein langes Leben (natürlich) und Heirat (selbstverständlich) und Kinder (sie konnte nicht genau sagen, ob zwei oder fünf), Glück und Erfolg und ein friedlicher Tod in hohem Alter.

Perfekt!

∞

Ihr eigenes Leben jedoch hatte eine Wendung genommen, die sie sich bestimmt nicht vorgestellt hatte, als sie beschloss, allem, was sie kannte, den Rücken zu kehren, alles zu riskieren und ganz frisch anzufangen. »Frisch!«, sagte sie, wenn sie nach dem Duschen aus dem Badezimmer kam, ein Handtuch umgewickelt, ein zweites für die Haare wie einen Turban auf dem Kopf. Sie war der reinlichste Mensch, den ich kannte. Sie wusch ihre Kleidung erst mit der Hand und dann in der Maschine. Sie putzte sich fünf Mal am Tag die Zähne, und die gelegentliche Zigarette rauchte sie nur im Badezimmer am offenen Fenster. Den Stummel (immer nur halb geraucht) verstaute sie in einem verschließbaren Plastikbeutel, bevor sie ihn in den Mülleimer warf. Und anschließend versprühte sie Lufterfrischer und putzte sich nochmals die Zähne. Frisch! Sie war dieser frische Wind, von dem man so oft hört, der Spinnweben wegweht, Modergeruch und Mief. Für eine Weile hatte er meine Brust geweitet, mich berauscht wie reiner Sauerstoff, aber ich sog ihn zu gierig ein, wollte mehr und mehr und mehr, bis sie ausgelaugt war, leer, erschöpft, und nun war nichts mehr übrig als diese kleine, kalte, schlaffe Hand in der meinen.

»Was passiert als Nächstes?«, fragte ich.

»Ich muss zur Toilette gehen, dann schaut der Arzt nach, ob alles in Ordnung ist.«

»Es dauert jetzt nicht mehr lange«, tröstete die Frau am Ausgangsschalter und fügte zu mir gewandt hinzu: »Sie haben eine sehr schöne Freundin. Sie könnte Model sein.«

Zehn Minuten später wurde Cherry aufgerufen, und sie ging zur Toilette und dann ins Behandlungszimmer zur abschließenden Untersuchung.

47

Draußen empfingen uns Frauen und Männer, ein halbes Dutzend vielleicht, mit Transparenten bewaffnet, und ein paar von ihnen, bemerkte ich aus dem Augenwinkel, gestikulierten mit Büchern – dicken, schwarzen, in Leder gebundenen Büchern. Zuerst begriff ich nicht, was sie taten. Ich sah, dass ihre Lippen sich bewegten, ich erkannte den Ausdruck heiligen Zorns auf ihren Gesichtern, aber noch kam es mir vor, als wären wir in einen luftleeren Raum hinausgetreten. Diese Leute schimpften – auf uns, aber warum? Dann fiel mein Blick auf die Transparente mit den stark vergrößerten Fotos abgetriebener Föten, und plötzlich schlugen die eifernden Stimmen über mir zusammen.

»Tut Buße!«

»Betet für die Seele eures ermordeten Kindes!«

»Du sollst nicht töten!«

Im ersten Moment war ich nicht wütend, nur erschüttert. Erschüttert, dass jemand zu so etwas fähig war. Erschüttert von dieser Grausamkeit, dieser Dummheit, Ignoranz, diesem Fehlen von Menschlichkeit, Mitgefühl und einfachem, grundlegendem Anstand; erschüttert von ihrem undifferenzierten Denken, ihrer Selbstgerechtigkeit, und *dann* wurde ich wütend.

»Warum verpisst ihr euch nicht alle und krepiert!«, schleuderte ich ihnen entgegen.

»Tut Buße für die ungeborene Seele, die ihr zum Fegefeuer verurteilt habt!«

»Geht nach Hause, und denkt an euer unschuldig gemordetes Kind, und betet um Vergebung!«

Ich blieb stehen, was ich nicht hätte tun sollen, schon Cherrys wegen nicht. In meinem Inneren schäumten und brodelten die aufgestauten Emotionen einem veritablen Wut-GAU entgegen; zum ersten Mal in meinem Leben war ich fähig zu töten, wollte ich töten.

Ich sah rot!

Die Erinnerung an das, was ich gesagt oder getan habe, ist ausgelöscht, aber als sich der feurige Schleier vor meinen Augen hob und ich wieder klar sehen und klar denken konnte, lagen die Abtreibungsgegner da wie niedergemäht. Das Schlachtfeld war übersät von zersplitterten Transparenten und zerfledderten Bibeln, es gab zerrissene Kleider, Kratz- und Bissspuren, blutige Nasen. Was immer passiert war, offenbar hatte ich keinen Unterschied zwischen den Geschlechtern gemacht und den Frauen ebenso kräftig ausgeteilt wie den Männern. Von Ersteren hörte man Schluchzer, von Letzteren Verwünschungen.

Auch meine Kleidung hatte gelitten, und ich schmeckte Blut – wahrscheinlich eine aufgeplatzte Lippe. Meine Knöchel waren zerschunden, und die Kratzer und Bissspuren an den Armen wiesen vermutlich darauf hin, dass man mit Klauen und Zähnen versucht hatte, meine Hände von einer ihrer Gurgeln zu lösen.

Meine Berserkerwut war verpufft, ich fühlte mich ausgebrannt, müde und kraftlos. Ich schaute Cherry an und schämte mich, schämte mich für das, was sie durchgemacht hatte, meinetwegen. Wie musste ihr zumute gewesen sein, als sie bei der Klinik ankam und sich gezwungen sah, zwischen diesen – egal, was und wie fest sie glaubten – unentschuldbaren Arschlöchern hindurch Spießruten zu laufen.

Schuld aber war ich, nur ich, niemand anders, und weder Wutausbrüche und Leute verprügeln noch die plötzliche Erkenntnis, dass ich Cherry liebte, oder der noch so aufrichtige Wunsch, alles wiedergutzumachen, konnten daran etwas ändern oder das ganze Elend auch nur einen Deut besser machen.

Ich war der Schurke in diesem Stück.

Ich war der Böse.

»Es tut mir leid«, sagte ich. »Es tut mir unendlich leid.«

Sie weinte, nicht schluchzend oder hysterisch, sondern still, als hätte sie zu nichts anderem mehr die Kraft. Sie stand da und schaute mich an, und die Tränen fielen nur so aus diesen schönen, waidwunden, unvergesslichen Augen.

Und dann sagte sie die drei vielleicht schmerzlichsten Worte, die ein menschliches Wesen zu einem anderen sagen kann:

»Es ist aus.«

48

Ich weiß nicht, wie lange ich schon auf der bereits erwähnten Bank in Kensington Gardens gesessen hatte, bevor ich merkte, dass mein Hinterkopf schmerzte, vorsichtig nachfühlte und unwillkürlich grinsen musste, als ich mir vorstellte, dass mir wahrscheinlich jemand eins mit der Bibel übergezogen hatte oder, *autsch!*, mit einem Transparent. Es war schon spät, und der Park leerte sich. Kalt war es auch, denn mein Atem hing in weißen Wolken in der Luft, aber seltsamerweise fror ich nicht. Die letzten Nachzügler strebten in Jacken oder Mäntel vermummt zum Ausgang, und mir fiel ein, dass ich zu Beginn des Tages auch eine Jacke angehabt hatte. Wahrscheinlich hatte ich sie im Strudel der Ereignisse verloren, im Taxi liegen gelassen oder vielleicht weggeworfen bei meinem kopflosen Sturmlauf zur Klinik, oder ich hatte sie in der Klinik vergessen. Ein schmerzlicher Verlust, denn ich liebte diese Jacke heiß und innig. Leder, klassisch, durch Gebrauch geadelt, vor einigen Jahren bei einem Einkaufsbummel mit Cassie erstanden. Sie hatte sie erspäht und spontan ausgerufen: »Die ist wie für dich gemacht!« Ich war ihr – der Jacke – auf den ersten Blick verfallen, wagte jedoch nicht zu hoffen, dass aus uns etwas werden könnte. Sie war nicht nur wundervoll, sondern auch erschwinglich, und ich fürchtete, dass sie nicht passen würde, dass bestimmt die Ärmel zu kurz waren, nicht weil ich besonders lange Arme hatte, sondern weil die coolen Typen in den Siebzigern eher stämmige Gnome gewesen sein müssen, nach den Klamotten zu urteilen, die aus der Zeit noch übrig geblieben sind. Wie sich herausstellte, waren die Ärmel nicht zu kurz, die Jacke passte wie angegossen, und ich kaufte sie, und fortan begleitete sie mich durch dick und dünn. Ein paarmal hätte ich sie fast verloren, einmal in einem Pub, als ich betrunken war und schon auf dem halben Weg nach Hause, bevor ich merkte, dass etwas fehlte, und kehrtmachte, um sie zu holen. Ein andermal vergaß ich sie in einem Bus, und als ich in letzter Minute wieder aufsprang, war ein anderer Fahrgast schon dabei, sie anzuprobieren, der Gauner.

Wie auch immer, jetzt war sie futsch, oder vielleicht doch nicht? Vielleicht hatte ich Glück und sie in der Klinik liegen gelassen. Bei der Vorstellung, was mich wohl erwartete, falls ich die Kühnheit besaß, mich noch einmal dort blicken zu lassen, musste ich lachen. Das Häuflein Gerechter mit seinen Beulen und Pflastern und den mit Klebstoff und Tesafilm notdürftig wieder zusammengepappten Transparenten – ein Bild für die Götter. Oh, wie ich ihr Mienenspiel genießen würde, wenn sie mich entdeckten – vorausgesetzt, sie hatten nicht aufgerüstet oder Verstärkung mitgebracht. Von dem Ausdruck auf ihren Gesichtern wanderten meine Gedanken unwillkürlich zu dem Ausdruck, den ich auf Cherrys Gesicht gesehen hatte, und mir war nicht mehr nach Lachen zumute. Auch nicht nach Weinen. Ich fühlte mich einfach leer.

Und dann fiel mir auf, dass ich Gesellschaft bekommen hatte.

»Hallo, kleiner Freund.«

Es war ein Igel, ein Tier, das ich noch nie von Nahem gesehen hatte, bis auf das gelegentliche platt gefahrene Exemplar am Straßenrand. Er stand dicht vor mir und schnaufte leise. Man konnte fast glauben, der kleine Bursche hätte gespürt, dass es mir nicht gut ging, und wäre gekommen, um mich zu trösten, ein stachliger Geselle den anderen. »Was immer dich quält«, schien er zu sagen, »es kann nicht schlimmer sein als immer nur Würmer auf der Speisekarte, dein ganzes Leben lang.«

Natürlich wusste ich, dass Igel ungefähr so kurzsichtig waren wie Fledermäuse (oder verwechselte ich das mit Maulwürfen?) und dass er mich im Dämmerlicht wahrscheinlich gar nicht als Mensch wahrnahm oder mit jemandem verwechselte, aber in punkto Trost oder Gesellschaft war er alles, worauf ich hoffen konnte.

»In letzter Zeit irgendwelche guten Bücher gelesen?«, fragte ich, aber nein, hatte er nicht. Hatte auch keine guten Filme gesehen, nicht einmal schlechte. Entpuppte sich als Igel mit schlichtem Gemüt. Er liebte es herumzuschnüffeln, ein bisschen zu buddeln und Würmer. Damit erschöpften sich seine Interessen.

Während einer länger als gewöhnlich dauernden Gesprächspause kam mir zu Bewusstsein, dass der Park nun menschenleer war und dass ich fror.

»Tja, war schön, mit dir geplaudert zu haben«, sagte ich, stand auf und zog fröstelnd die Schultern hoch. »Viel Spaß mit den Würmern.«

Ich spürte ihn, bevor ich ihn sah oder hörte, und als ich mich umdrehte, war er schon fast bei uns. Eine Art Mastiff oder sonstige Dogge im XXL-Format, so genau kenne ich mich nicht aus, kam aus dem Abendnebel auf uns zu wie der berühmte Hund der Baskervilles, und mir gefiel nicht, wie er – oder sie – meinen neu gewonnenen kleinen Freund ins Visier nahm.

»Kusch!«, schrie ich. »Kusch!«

Der Hund strafte mich mit der geballten Missachtung seiner geschätzten neunzig Kilo, und Freund Mecki war eindeutig als Betthupferl vorgesehen oder wenigstens als willkommener Zeitvertreib. Ohne zu überlegen, riss ich den Igel an mich und glaubte idiotischerweise, ihn damit aus der Gefahrenzone gebracht zu haben. Ich sage idiotischerweise, weil die Bestie meinen Rettungsversuch ignorierte und einfach an mir hochsprang, um an die interessante Stachelkugel heranzukommen, die ich verzweifelt mit ausgestreckten Armen über den Kopf hielt.

»Hau ab! Hau ab!«, brüllte ich und hielt panisch nach dem Herrchen oder Frauchen Ausschau, vorausgesetzt, das Vieh hatte einen Besitzer und war nicht geradewegs dem Höllenschlund entsprungen.

Ich war ein Hundefreund, überhaupt ein Freund aller Tiere, nur diesen Köter hasste ich mit Inbrunst, samt seinem durch Abwesenheit glänzenden Besitzer, außerdem jagte er mir eine Heidenangst ein, aber ich wollte verdammt sein, wenn ich zuließ, dass er mir meinen kleinen Schützling entriss. »Such dir selber einen Igel, meinen kriegst du nicht!«, donnerte ich, während ich versuchte, mir das Untier vom Leib zu halten, und ehe ich michs versah, war ich auf einen Baum geklettert.

∞

Mein Herz schlug wie wild, gleichzeitig erfüllte mich übermütiger Triumph. Der Riesenköter konnte mich in Stücke reißen, zwischen seinen Kiefern zermalmen wie ein Baiser oder auch totschlecken, aber ich hatte ihn übertölpelt, ihm ein Schnippchen geschlagen, ihm eine lange Nase gemacht – ätsch! Er tanzte unten mit schlenkernder Sabberzunge um den Baumstamm herum und musste sich gefallen lassen, dass ich ihm den Stinkefinger zeigte, das universell verstandene Zeichen für Trotz und Verachtung, und zur Abrundung des Ganzen noch ein »Leck mich, Hasso!« hinzufügte. Dann ertönte aus dem dunklen Park ein gellender Pfiff von der Art, wie Kinder ihn gern auf der Schultoilette ausprobierten: in dem geschlossenen Raum hallte er so laut, dass man sich die Ohren zuhalten musste. Das große, dumme Hundetier sauste wie von der Sehne geschnellt zurück zu seinem Herrn, ohne einen weiteren Gedanken an uns, seine eben noch heiß begehrte Beute, zu verschwenden.

Ich dachte daran, seinem Besitzer gehörig die Meinung zu geigen, aber der Gedanke, einer unsichtbaren Person einen Vortrag über Hundeerziehung zu halten, nachts im Park, von einem Baum herunter und mit einem Igel im Arm, war einfach albern, also ließ ich es bleiben. Schließlich war es nur ein Hund, und sein Besitzer musste – nicht zu Unrecht – davon ausgegangen sein, dass sie zu dieser späten Stunde allein unterwegs waren. Wie sollte er ahnen, dass jetzt ein Mann auf einem Baum festsaß, weil er einen, was weiß ich, Kampfhund angeschafft hatte statt eines Pekinesen. Da ich jetzt Gelegenheit hatte, die Sachlage in Ruhe zu reflektieren, kam mir noch ein Gedanke.

Mir wurde klar, dass ich tatsächlich auf einem Baum festsaß.

Mit einem Igel im Arm, zu allem Überfluss.

∞

Ich geriet nicht in Panik, und ich rief nicht um Hilfe, obwohl das sicherlich keine schlechte Idee gewesen wäre. Aus irgendeinem Grund hatte ich mich mit dem ganzen Konzept des Um-Hilfe-Rufens nie richtig anfreunden können, auch wenn ich zugeben will, dass in manchen Situationen einiges dafür spricht, meine derzeitige eingeschlossen. Ursache war möglicherweise eine besonders ausgeprägte Schüchternheit oder Zurückhaltung oder das Widerstreben, der Welt die eigene Unvollkommenheit einzugestehen. Niemand ist so hilflos wie der Mensch, der um Hilfe ruft. Dann nämlich hat man es aufgegeben, sich selbst und den anderen vorzumachen, man sei in der Lage, sich am eigenen Schopf aus dem Sumpf zu ziehen, und hat den Mitmenschen verkündet – soweit in Hörweite befindlich –, dass man mit seinem Latein am Ende ist und nichts weiter tun kann, als sich in Geduld zu fassen und auf Rettung zu warten.

Ich geriet also nicht in Panik, und ich rief nicht um Hilfe, obwohl ich und mein Igel der Hilfe dringend bedurften, stattdessen fingerte ich mein Handy aus der Tasche und rief den Menschen an, den anzurufen Cassie und ich seinerzeit vereinbart hatten, sollte dem einen oder anderen von uns etwas völlig Irrwitziges oder Unerwartetes zustoßen oder sollten wir uns in einer Situation befinden, aus der wir uns nicht aus eigener Kraft befreien konnten, wie zum Beispiel nachts im Park auf einem Baum festsitzen, in Gesellschaft eines wilden, wenn auch mit liebenswürdigem Charakter ausgestatteten Tieres.

Ich rief meinen Bruder Ray an.

∞

»Hallo?«

»Du wirst nicht glauben, wo ich gerade bin«, sagte ich zu ihm.

»Benny, kleiner Bruder! Wo hast du gesteckt? Ich habe den ganzen Tag versucht, dich zu erreichen, und ich frage mich wirklich, weshalb du dir ein Handy angeschafft hast. Du weißt, dass man die Dinger einschalten muss, oder?«

»Ich hatte ziemlich viel zu tun ...«

»Egal, ich habe Neuigkeiten, Kleiner. Irgendwelche Bonzen aus Hollywood haben mein Buch gekauft. *Abenteuer einer Gummiente* wird verfilmt! Ist das verrückt oder nicht? Tom Hanks soll die Ente spielen, oder vielleicht polstern sie die Handlung etwas auf, bauen ein paar Schlägereien ein, ein paar Auto-Verfolgungsjagden und geben die Rolle Tom Cruise, obwohl ich nicht glaube, dass er über die nötige schauspielerische Bandbreite verfügt. Was für ein Witz! Das wird ein totales Desaster!«

»Ray, kannst du herkommen und mich abholen?«

»Was ist denn los? Hast du Probleme?«

»Ich habe einen ziemlich seltsamen Tag hinter mir, Ray.«

»Wo bist du?«

Ich erzählte es ihm.

»Du wirst es nicht glauben, aber genau dahin bin ich unterwegs. Mein Stammgast ist eben wie üblich aus dem Nichts aufgetaucht. Ich habe die Adresse hier liegen. Palace Gates, Kensington Gardens.«

»O Scheiße, Ray. Verfluchte Scheiße.«

»Was hast du, Kleiner? Alles in Ordnung? Ich komme, so schnell ich kann. Ich gebe Vollgas. Halt durch!«

∞

Leicht gesagt. Meine Welt stand kopf, und obgleich ich mich mit aller Kraft festklammerte – man kann der Schwerkraft nur eine gewisse Zeit lang trotzen. Mein Fuß drohte abzurutschen, ich angelte mit der freien Hand – in der anderen hielt ich meinen stachligen Schicksalsgefährten – nach einem Ast, einem Zweig, irgendetwas, um mich festzuhalten, und griff ins Leere. Ich verlor das Gleichgewicht, fiel hintenüber und landete mit einem dumpfen, harten, nichts Gutes verheißenden Schlag auf Mutter Erde.

49

Der Aufprall raubt mir den Atem, und ein paar Minuten lang liege ich nur da und ringe nach Luft. Als Kind war dieser Zustand Teil des täglichen Lebens. Fußball, Rugby oder Prügelei – man lag auf dem Rücken, streckte alle viere von sich und japste. Doch mein letztes Mal lag viele Jahre zurück, und ich hatte die scheußliche Erstickungsangst vergessen, die einen im ersten Moment überfällt.

Noch etwas, das ich seit Jahren nicht mehr gehabt hatte, war ein taubes Bein wie von einem Pferdekuss, also wenn einem irgendein Schweinehund von der Seite das Knie in den Oberschenkel rammt und man schlagartig einknickt. Doch sobald man sich erholt hatte, war man wie der Teufel hinter ihm her, um es ihm heimzuzahlen, und wenn man ihn nicht erwischte, dann musste der Erstbeste dran glauben, der einem über den Weg lief.

Man stelle sich vor, wie die Gesellschaft aussähe, würden wir diesen kindlichen Unarten nicht entwachsen. Politiker würden sich gegenseitig Pferdeküsse verpassen, Eheleute sich bei Streitigkeiten Kinnhaken geben und Büroangestellte sich unbemerkt hinter dem missliebigen Kollegen positionieren und ihm unerwartet einen kleinen Schubs geben – *Hoppala*!

Darüber muss ich kichern, folglich funktioniert meine Atmung wieder.

Eigentlich fühle ich mich ganz wohl, abgesehen davon, dass sich etwas, eine Wurzel vielleicht, in meinen Rücken bohrt. Und ich hätte nie gedacht, dass London so still sein kann, so friedvoll. Kein Auto ist zu hören, keine Stimme. Ich könnte mich irgendwo weit draußen auf dem Land befinden, aber natürlich weiß ich, dass es nicht so ist, sondern ich liege hier am Fuß eines Baums auf dem Rücken inmitten einer brodelnden Metropole mit über sieben Millionen Einwohnern.

∞

Wir beide liebten Züge, Cassie und ich, nicht im Sinne eines Steckenpferds, sondern um mit ihnen kleine Ausflüge ins Blaue zu unternehmen. Immer wieder einmal machten wir uns mit gepackter Reisetasche auf den Weg zum Bahnhof Paddington oder Victoria oder Charing Cross und trafen erst dort die Entscheidung über unser Reiseziel fürs Wochenende, abhängig von den Zügen, die zur baldigen Abfahrt bereitstanden. Es konnte Whitby sein oder Windsor oder Eastbourne oder Stratford-upon-Avon oder auch irgendein anderer nach wenigen Stunden Fahrt zu erreichender Ort, und manchmal war es schön da und manchmal weniger, aber das machte uns nichts aus, wir hatten immer unseren Spaß, knipsten alles, was uns vor die Linse kam, unsere Fish and Chips, unser Zimmer, eine Ente mit einem besonders ausdrucksvollen Quaken und einmal, am schicksalhaften Strand von Brighton auf dem Rücken liegend, unsere nackten Füße vor einem einzigartig perfekten blauen Himmel.

Ich hätte nie geglaubt, dass Füße so glücklich aussehen können.

∞

Lange Zeit hing das Foto an unserem Kühlschrank, dann kauften wir einen neuen Kühlschrank, und es war vorübergehend verschwunden, tauchte aber wieder auf, zusammen mit dem ganzen anderen Sammelsurium, das ebenfalls an ihm geklebt oder auf ihm gelegen hatte. Wir beide betrachteten es und lächelten, weil es uns daran erinnerte, wie glücklich wir gewesen waren. Cassie tat es in einen Rahmen, und es wanderte in der Wohnung von einem Platz an den anderen, bis ich nicht mehr wusste, wo genau es hingeraten war. Doch wie so viele andere Gegenstände, die für jeden anderen außer uns wertloser Plunder gewesen wären – Kinokarten, Theaterprogramme, selbst zusammengestellte Musikkassetten, Zettel mit »Ich liebe dich« oder auch »Bin kurz weg, Milch kaufen«, Geburtstags-, sonstige Glückwunsch- und Valentinskarten, Muscheln, die wir gesammelt hatten –, existierte es noch, irgendwo, eingebettet in seine eigene geologische Schicht, ein Fossil, ein Relikt, aber genauso kennzeichnend für unsere Beziehung wie alles andere, finde ich.

∞

Ich frage mich, was Georgia gedacht haben mag, als sie da draußen im Schnee lag. Man hört immer, dass Menschen kurz vor dem Tod ihr ganzes Leben in Sekundenbruchteilen an sich vorbeifliegen sehen, aber ob das wirklich so ist? Und was, wenn man nicht gleich stirbt? Zieht es dann, statt zu fliegen, gemächlich und in vielen Windungen am inneren Auge vorbei wie eine Geschichte, die jemand erzählt, der keine Eile hat, zum Ende zu kommen, weil das Ende diesmal wirklich *das Ende* ist?

Irgendwo habe ich gelesen, »O Scheiße« seien die häufigsten letzten Worte, die vom Stimmenrecorder eines abstürzenden Flugzeugs aufgezeichnet werden.

Nachvollziehbar.

Hat Georgia über uns nachgedacht? Über sich und mich? Unsere gemeinsamen Jahre? Unser gemeinsames Leben? Ihres fast zu Ende, meins mittlerweise fast halb vorbei.

Hat sie gefroren?

Ich spüre die Kälte nun nicht mehr.

Ich spüre gar nichts.

Doch, ich spüre meinen kleinen Schützling.

Ich spüre, wie er auf meiner Brust herumschnuppert.

Ich spüre seine Stacheln.

Sie sind weicher, als ich dachte.

Ich bin froh, dass er nicht gefressen wurde.

Oder zerquetscht.

Oh, seht euch das an.

Der Himmel ist voller Sterne.

Seltsam, wie die meisten Menschen die weitschweifigsten, poetischsten, grandiosesten Metaphern bemühen, um die Sterne zu beschreiben und wie weit entfernt sie von uns sind. Man fabuliert von der endlosen Weite des Raums und Äonen von Lichtjahren, obgleich es genügen würde zu sagen: Sie sind weit weg.

Weit weg ist weit weg.

Aber genau genommen wäre es falsch zu sagen: Sie sind weit weg.

Sie sind lange her. Sie sind erloschen. Einige von ihnen sind explodiert, bevor Adam laufen lernte. Was wir sehen, ist die Erinnerung an Sterne.

Aber sie sind trotzdem wunderschön.